O Quase Fim de
Serapião Filogônio

Jonas Rosa

O Quase Fim de
Serapião Filogônio

Ateliê Editorial

Copyright © 2008 by Jonas Rosa

Direitos reservados e protegidos pela Lei 9.610 de 19 de fevereiro de 1998.
É proibida a reprodução total ou parcial sem autorização, por escrito, da editora.

Dados Internacionais de Catalogação na Publicação (CIP)
(Câmara Brasileira do Livro, SP, Brasil)

Rosa, Jonas
   O quase fim de Serapião Filogônio / Jonas
Rosa. – Cotia, SP: Ateliê Editorial, 2008.

ISBN 978-85-7480-390-6

1. Ficção brasileira I. Título.

08-03061   CDD-869.93

Índices para catálogo sistemático:

1. Ficção: Literatura brasileira   869.93

Direitos reservados à
ATELIÊ EDITORIAL
Estrada da Aldeia de Carapicuíba, 897
06709-300 – Granja Viana – Cotia – SP
Telefax: (11) 4612-9666
www.atelie.com.br
atelie@atelie.com.br

Printed in Brazil 2008
Foi feito depósito legal

Serapião Filogônio.

Certa ocasião, pretendendo adquirir um bom cavalo de sela, visitei o haras pertencente a um rico industrial. Por ser um local longínquo de qualquer cidade, oferecia hospedagem a visitantes bem identificados, amantes das atividades hípicas ou por elas interessados.

Nessa ocasião, travei conhecimento com o administrador do haras, Serapião Filogônio, pessoa que me pareceu cinqüentona. Fisicamente externava o desembaraço dos que lidam e disciplinam vigorosos cavalos.

Já à noite, bebericamos um *whisky*. Adiantando-se o nosso relacionamento, confiou-me que gostaria de escrever um livro sobre sua vida, cujas peripécias, supunha merecer essa tarefa. Considerava-se, porém, inabilitado para isso, não tanto por incompetência, mas por não possuir o "pique" de escritor, que só se adquire no exercício contumaz da escrita.

Ciente de que eu era escritor, pediu-me realizar, para ele, essa façanha, para a qual tinha todos os elementos, não só em sua memória, aliás privilegiada, como até mesmo em documentos e lembretes que tivera o cuidado de guardar.

Topei a empreitada...

Fiz-lhe, porém, uma exigência: teria que abrir para mim, se necessário, em um ou outro episódio, os escaninhos de sua discrição ou do seu pudor.

Ele concordou com essa exigência, que também julgava necessária, mesmo porque, segundo ele, qualquer revelação mais íntima não afetaria suas concepções de hombridade.

Naturalmente, se no livro há trechos mais intuídos que comprovados e de uma escritura algo mais elaborada, isso se deve ao meu propósito, pouco generoso, de demonstrar que se o enredo é dele, Serapião, meus serão o estilo e os recursos de escritor.

A primeira pessoa do relato oral é a mesma terceira pessoa do livro, o inconfundível Serapião Filogônio, cuja vida, posta agora em "letra de forma", poderá se prolongar na memória dos leitores e nas prateleiras das livrarias.

Jonas Rosa.

Chamava-se Serapião Filogônio. Nome esquisito... ponderava. Mas explicava: Serapião era nome tradicional em sua família. Seu avô paterno chamava-se Serapião. Tinha um tio, Serapião. Também a um dos dois filhos homens que possuía, além de três mulheres, deu também o nome de Serapião, para que a tradição familiar não se perdesse por culpa sua.

Em tudo e no passado distante, persistente no presente, havia também, influindo, as genealogias cristãs: Serapião, no Egito do século IV, foi santo e combatente valeroso nas milícias de Cristo. Com Santo Atanásio, formou uma invencível barreira contra o avanço das diabólicas heresias maniqueístas e arianistas.

Serapião estimava as suas tradições de sangue e cultivava a memória de seus ancestrais, que foram os primeiros habitantes brancos daquelas glebas, portugueses que ali aportaram, desbravando as brenhas e se entendendo com os bugres.

Filogônio: o sobrenome, justificava, era marca registrada de sua antiga linhagem e que podia ser decomposto em duas raízes: philo ou filo, na grafia atual, significa "amigo" ou "amante" e gono ou gônio, é glândula propulsora do amor.

Podia-se então traduzir "Filogônio", como o amigo do amor, ou, aceitando mais um significado afim, do que uma tradução literal: "o mensageiro da amizade..." Qualquer dos dois significados é estimulante, concluía.

A todo esse arrazoado, Serapião freqüentemente adiantava outra informação: havia um primo homônimo dele, só que este, seduzido pelas peripécias cinegéticas, emigrara para a África, há bastante tempo, e lá devia ainda se encontrar, caso algum leão ou leopardo não o tivesse devorado.

Serapião nascera e se criara na zona rural de Pavanópolis. Lá fizera o curso primário, numa escola cuja professora, polivalente para os quatro anos do primário, chamava-se Georgina ou Dona Gorgina.

Depois morou no Rio de Janeiro, na casa de uma tia materna, por cinco anos, onde pôde tirar diploma do "curso ginasial".

Regressara então para sua terra, para sua herança, para os seus penates. No Rio de Janeiro, contudo, não pôde desfrutar de suas atrações mundanas, porque, nas férias, por exigência paterna, regressava sempre à sua casa.

Apesar de ser considerado bem aquinhoado de inteligência, não se esforçou devidamente em seus deveres escolares. Antes preferia ocupar-se com obras literárias: Machado de Assis, Gonçalves Dias, Castro Alves, e outros...

Após alguns anos de seu regresso, recebeu de seu pai a doação de uma extensa propriedade agrícola. A administração desta, porém, foi desastrosa, pois ele não media os gastos pelas rendas, mas pela fantasia e pela solidariedade humana. Perdeu-a por isto...

Poderia, pensava, estar a estas horas tranqüilo, deitado na rede da varanda da fazenda, chupitando um cigarro, enquanto seus empregados capinavam os becos das plantações.

Em vez disso, achava-se preocupado, endividado e procurando um emprego. Atualmente comia o pão que o diabo amassara, rociando-o com seu suor maldito...

Filogônio tinha quarenta e dois anos, idade ambígua, que leva as pessoas a julgarem alguém nessa fase, em qualquer ponto de uma escala que vai de trinta a cinqüenta anos.

Meião de altura. Seu desempenho vital era a somatória de adequada energia, mente fantasiosa, insaciável curiosidade e constante senso de humor. A barba raspada, mas densa, sombreava o rosto, onde um nariz aquilino e uma boca sensual, davam um toque singular à fisionomia. O corpo, nem gordo nem magro, respondia a contento às solicitações da vida e da fantasia. Seus pés eram pequenos, magros, as mãos também pequenas, mas quadradas e musculosas.

Até há poucos anos, montava em animais chucros, desejando se afirmar como cavaleiro e dominar e disciplinar cavalos e muares.

Em épocas anteriores, sempre possuíra seu automóvel

(apesar de trocá-lo em prazos curtos, por algum outro, em transações de má economia) e era um hábil motorista, vencendo estradas às vezes totalmente impróprias a veículos motorizados.

Serapião precisava viajar. Levantara-se sombrio, ainda bem cedo, sombrio como a madrugada chuvosa, que amava sonhando, mas que detestava acordado.

Lembrava-se do olhar misto de censura e desprezo de uns caras mesquinhos, que nos bons tempos o bajulavam e agora, por estar insolvente, o miserabilizavam. "Canalhas", vociferou...

Serapião ia a Primitivos. Tinha no bolso apenas Cr$ 217,00 cruzeiros. Esse dinheiro era todo o seu dinheiro. Sua casa, porém, estava suprida do indispensável à vida, por um prazo de um mês, aproximadamente. O colégio das crianças fora pago.

Despediu-se laconicamente da mulher. A mágoa das provações e das humilhações esfriara, aparentemente, o grande amor de sua esposa. Aparentemente, porquanto ainda crepitava no fundo da alma e se levantaria, em algum momento, pleno de frêmitos e clarões.

Filogônio encaminhou-se para o ponto de saída dos ônibus. Levantou a gola do paletó, para se preservar da chuvinha insistente, enregelante, e no local de venda das passagens informou-se do preço da viagem até Primitivos.

Subiu ao ônibus, mesmo sem pagar a passagem, sentou-se e em pouco o carro partiu, alcançando a estrada. A chuva continuava cinzenta, espessa, desalentadora. A estrada estava péssima. Os buracos e a lama, pensou Serapião, são como uma passarela de retalhos, onde desfila essa imperatriz asmática, grávida e obesa que é esse ônibus.

Serapião olhou por detrás o dorso impassível, bem aprumado do motorista. Às vezes ele se dobrava no assento e examinava sumariamente os lados da estrada, algum buraco maior, alguma rampa desmoronada. Filogônio já o conhecia de vista. Hoje ao vê-lo calmo e paciente, quase irônico, na condução daquele carro em meio à lama sinistra, julgava-o hábil e bravo. Mas uma bravura e habilidade automáticas, como, por exemplo, a de um chimpanzé que se balançasse num cipó e se projetasse no ar, de um ponto para outro, altíssimos.

O ônibus fez uma parada. Havia um posto de gasolina, com anexos de oficina mecânica e revenda de peças para veículos. Serapião sentiu oportuna esta parada: saltou do ônibus e foi-se entender com os donos do posto, dois irmãos. Havia já bastante tempo que eles relutavam em devolver-lhe o dinheiro pago por uma bobina, que colocada já no último carro que ele possuíra, funcionou apenas umas duas horas. Mandou-a assim de volta, esperando receber o seu dinheiro. Os homens, porém, alegavam que a fábrica era a responsável e que esperavam uma resposta. Não houve, porém, resposta nem dinheiro.

Reclamava agora, pela quarta ou quinta vez, agora, especialmente, tendo em vista sua situação de penúria. Procurava concessões, num intuito oportuno e apaziguador. Contentava-se em receber apenas uma parte do preço da bobina. Para sua surpresa, um dos homens concordou em dar-lhe outra bobina, sob declaração sua, de que a primeira não funcionara. Serapião aceitou a proposta, já calculando que poderia vender a bobina, reforçando o seu bolso...

Retornando ao ônibus, sentia-se, de certa forma, compensado com aquele objeto descômodo, o qual, em outras ocasiões, talvez nem o motivasse ao aborrecimento daquelas reclamações. No ônibus pensava com seus botões: "vendo a bobina e enfrento as despesas..."

Adiante havia sério impedimento na estrada: três carros atolados barravam a passagem. Carros grandes e pequenos aguardavam a solução do problema. Para Serapião, os carros atolados eram um dique, onde crescia a cada momento a represa formada pelos carros retidos.

E o ônibus de Serapião foi mais uma vaga, mais uma marola, a aumentar o nível da represa. E todas as vagas ou marolas, estavam pejadas de vermes tagarelas. A espera foi longa. Por fim apareceu um trator, para tirar da lama os carros atolados, desobstruindo a estrada.

A longa espera, contudo, teve uma compensação para Filogônio. Ele tinha no bolso um pequeno livro: *O Velho e o Mar*, de Hemingway e conseguiu ler uma boa parte do mesmo.

Quando o ônibus cruzava com outros veículos, Serapião temia a possibilidade de um choque, em virtude de algum deslizamento na terra molhada. No entanto, os ônibus, os caminhões, os mastodontes da era moderna, como que se ombreavam num remoque e seguiam sem se agredirem.

Fantasiosamente, Serapião comparou os veículos a bichos selvagens, caminhando em trilhas da savana, em demanda de bebedouros, de sítios adequados ao pastejo ou à predação ou seriam engrenagens da fatalidade histórica da vida mecânica, deslizando e oscilando heterocronicamente, reguladas para um objetivo extravagante; a edificação da indecifrável esfinge da era moderna? Serapião consultou o relógio: meio dia.

Sentiu um cheiro inebriante de frango frito. Olhou para traz: duas mulheres comiam gulosamente. E havia crianças nos respectivos colos, que comiam de boca cheia e queixos levantados.

Serapião estava com muita fome e molhado da chuva e de pingueiras do ônibus. Saíra de sua casa em jejum. Sem sequer tomar um cafezinho. Quanto ao trajeto, haviam percorrido, no máximo, uns noventa quilômetros.

Lembrou-se do compromisso de Capitulino Condoreiro de asfaltar a estrada, antes da conclusão de seu governo. O compromisso esvaiu-se em nada. Bolhas de espuma. A despeito de tudo, Filogônio simpatizava com Capitulino. Afinava-se com ele por afinidades humanas. Como Capitulino, era imprevidente, fantasioso, capaz de deslizes conjugais. Votara, porém, sempre contra ele, o que significava autocensura.

Lembrou-se de Júlio César que construiu um palácio portentoso, com dinheiro cedido por amigos. Depois de concluí-lo, mandou derrubá-lo, para construir um outro, porque aquele não saíra a seu gosto. No entanto, ajuizou Filogônio, esse país não é a Roma de Júlio César. Capitulino não é Júlio César, nem eu tão pouco...

Houve um outro impedimento na estrada e o motorista

economizando combustível, desligou o motor. Mas ao tentar ligá-lo, todos ficaram apreensivos, pois o motor de arranque não funcionou. Como que protestava também contra aquilo tudo. Para prosseguir a viagem, foi preciso que um caminhão, que vinha atrás, empurrasse o ônibus, para que o motor pegasse no "tranco".

Felizmente existe a solidariedade dos sofredores da estrada. O motorista ajudava e ainda sorria. Filogônio, mentalmente atiçou "seu" ônibus: "vamos ônibus, vamos cevado colossal, a fuçar no seu chiqueiro estreito e comprido, fuçando, rolando, empurrado e empurrando..."

Em vez de cevado, pensou Serapião, talvez fosse esse ônibus um piolho incômodo no lombo imundo desse planeta molhado. Numa dessas paradas, a chuva dera uma trégua, Filogônio entreviu um cavaleiro, abrigado numa capa "gaúcha", que se aproximava cautelosamente da estrada. Reconheceu-o, saltou do ônibus e chamou-o pelo nome. O homem, que já dava rédeas ao animal para se afastar, sofreou a montaria e olhou para traz. Reconheceu Filogônio, virou a cavalgadura e esperou. Filogônio desceu por um trilho que ia da estrada a um pequeno platô, onde o cavaleiro se imobilizara, e se apertaram as mãos confiadamente e confiadamente conversaram:

– Boa tarde Moreira...

– Boa tarde "Seu" Filogônio.

Moreira era homem de meia idade, claro, magro, mas sólido, a pele em alguns pontos descorando de vitiligo. Seus olhos eram duros, sob o chapelão de feltro.

– Como vai Moreira?

– Como Deus é servido. E o senhor, e a obrigação?

– Bem, graças a Deus.

Filogônio conhecia bem Moreira, com quem tivera transações de animais. Era um profissional do gatilho e afamado amansador de muares. Montava um burro vermelho, grande, que mantinha as orelhas eretas e arfava as narinas, espantado, com o corpo e as pernas retesas. Moreira o sugigava pelo barbicacho, denotando ser animal em doma.

– É bom o burro, Moreira?

– Um pote de mel...

– Bravo?

– Foi o capeta. Dei nele três tombos de descascar o focinho e tirar sangue das ventas. Agora chegou onde eu quero.

– Marcheiro?

– Uma rede...

Filogônio passou a mão na anca do bicho que tremeu receoso.

– Quer comprar?

– Estou quebrado, Moreira e ainda com dívidas.

– Eu vendo o burro com um prazo longo e, se precisar, no vencimento, dou mais prazo.

– Não, obrigado.

Moreira permaneceu montado. Filogônio hesitou um pouco, mas acabou falando:

– Os homens que apareceram mortos na beira do rio, me disseram que foi você... foi mesmo?

– Eu atirei neles que faziam tocaia para mim, da moita. Esse burro me salvou a vida. Antes de passar pela moita ele estacou e começou a bufar. E os homens então se mexeram no meio da moita. Escutei estalido de cão de carabina. Aí me decidi: descarreguei o revolver naquela direção enquanto o burro espantado crescia e corcoveava. Depois voltei atrás. Amarrei o burro numa árvore e adiantei a pé, devagar, com o revólver apontando e recarregado. Escutei gemidos. Depois ficou tudo quieto. Fui avançando, cheguei na moita e olhei: eram dois bichões, taludos. Estavam bem mortinhos... Portavam boas armas. Devia também haver dinheiro e relógio nos bolsos. Não mexi em nada, que não sou ladrão.

– Tem remorsos, Moreira?

– Remorsos? Lembrei foi de duas capivaras que tinha matado, uns dias antes, naquele lugar...

O homem, nesse ponto, deu um risinho sinistro.

O muar já se tranqüilizava. Moreira, então, volteou a rédea na cabeça do lombilho, tirou do bolso fumo de corda, canivete e começou a preparar o cigarro, recolhendo os fragmentos do fumo na palma da mão, que usava como anteparo, protegendo-os de algum respingo com a aba do chapéu que projetara para frente. Fez o cigarro, utilizando um retângulo de palha amaciada de milho. Depois, passou a ponta da língua na margem que o finalizava. Rodou-o nos dedos, para firmar o cilindro. Acendeu-o, então, com uma batida do isqueiro e ofereceu-o a Filogônio:

– Quer tirar umas fumaças?

– Não, obrigado.

Moreira puxou umas três baforadas e (talvez por reverência) apagou o cigarro, batendo na brasa com a costa da unha do polegar. Depois, prendeu-o atrás da orelha, sob a proteção do chapéu.

Passou por Serapião um arrepio de consciência impactada. "Homem temível", pensou... Continuou pensando: "Moreira é produto de um singular ambiente, que valoriza a hombridade e confere considerações aos homens façanhudos. Toda a consideração que recebem, porém, advém igualmente de outras qualidades, que devem acompanhar a bravura, como: honestidade, lealdade, desprendimento. Moreira é rigorosamente honesto. Será capaz de enfrentar um batalhão armado, para saldar em dia um compromisso. Preza também a amizade e, para servir a um amigo, não se importa, nem mesmo, de arriscar a própria vida..."

Ao se despedirem, Moreira adiantou:

– Seu Filogônio, o senhor é dos meus. Se precisar de alguma coisa, quero que me procure.

Filogônio agradeceu, disse que não precisava de nada. Tirou do bolso um maço de cigarros e presenteou ao amigo. Moreira levou a mão despigmentada à aba do chapéu, cavalheiresco e respeitoso.

Filogônio, agora no ônibus, pensava em Moreira: "como um homem assim, tão escrupuloso com os bens alheios, podia ser tão indiferente com o bem máximo, isto é, a vida humana? Pois os que perdiam a vida por suas ações, podiam ser inimigos dos amigos seus, mas não propriamente seus inimigos. Havia na verdade o aspecto 'legítima defesa', caso dos homens da moita, emboscada decorrente, contudo, por atos seus anteriores que clamavam vingança..." "Ô vida contraditória...", suspirou Filogônio.

Filogônio passou depois a imaginar quanto poderia ganhar um motorista, como aquele do ônibus, num batente duro e perigoso. Mas seja qual for o seu salário, supôs, não dará cabalmente para sustentar mulher e filhos, talvez os pais velhinhos, quem sabe a amante. Mas vai vivendo como uma garrafa bem arrolhada, agitada nas ondas, que leva uma mensagem: o código de uma aspiração, de um ideal.

O motorista continuava impassível no volante do carro. É que veste a túnica inconsútil da mocidade, pensou Filogônio. Mas logo a velhice a rasgue e de sua garganta sairão regougos... "Devia ser canonizado", concluiu.

Nesse momento, o motorista riu para um passageiro que lhe dizia qualquer coisa e abanou a mão, jovialmente, para um colega cujo carro cruzava com o dele, já tendo, antes, desviado com a outra mão o seu mastodonte molhado de uma trilha que representava maior perigo.

Os pensamentos de Filogônio tomavam agora sentido oposto: aquele motorista poderia, talvez, ser um homem de alma fria, um Moreira sem o contraponto das qualidades, que tivesse nas mãos o volante em vez de rédeas, que explorava uma indefesa adolescente, obrigando-a a se prostituir para lhe dar dinheiro.

Nesse momento o motorista olhou rapidamente pelo espelho interior do ônibus e Serapião, refletido no espelho, sentiu toda a inocência daquele olhar e se envergonhou da mesquinhez da sua fantasia.

Serapião percebeu, desde o começo da viagem, que as mulheres do ônibus não eram sedutoras e os homens: vulgares. Não havia uma fisionomia incisiva como a de Moreira, por exemplo, tampouco a fronte luminosa de um poeta, o olhar harmonioso de um músico, o estigma da concentração mental de um cientista. Eram tipos preocupados apenas, pensava Filogônio (e provavelmente levado por seu espírito esquadrinhador e irreverente), com o seu prazerzinho mesquinho, sua laciviazinha no tálamo doméstico, com o amealhamento do dinheiro, a canalhice ao abrigo da justiça. Tipos submetidos à convenção argentária e à convenção social. Do ônibus se salvaria apenas, concluiu Filogônio, apenas se salvaria dessa derrocada medíocre o motorista. Esse tinha a personalidade das crianças, que se manifestam do jeito que são.

Atrás do banco de Filogônio, um casal palrava indefinidamente. Era um ronronar enjoativo, um diálogo pretensioso. Ele teria talvez uns trinta anos. Ela parecia um tanto mais velha. Um garotinho de uns quatro anos unia-os, separava-os, atormentava-os. Ia para o colo do homem, depois para o da mulher, depois voltava ao do homem. A mulher era cheia de corpo. O homem cheio também, ar de quem se supõe irresistível. Escutou a mulher dizendo: "quando chegarmos ao Rio, vou tirar todo o dinheirinho do seu bolso". Ele riu lisonjeado e bobo. E Serapião imaginou o conúbio daquelas duas coisas volumosas, os gemidos adiposos, sobre o ranger da cama...

Serapião sentiu náuseas da humanidade, que ama com as portas bem trancadas e nem sequer tem a audácia dos bichos, que recebem o amor como a dádiva da luta. Já acabara de ler *O Velho e o Mar*, vencendo os solavancos do carro. O remédio agora era olhar... a estrada, a lama, os atoleiros, a chuva e as nuvens baixas...

Chegaram a Rodarte. Cinco horas da tarde. O ônibus levara onze horas para avançar apenas cento e sessenta quilômetros. Houve uma pausa para alimentação. Filogônio procurou então pagar a sua passagem, que até aquele momento não lhe fora cobrada.

Um fiscal da empresa esperava-os. Os clandestinos teriam que regularizar a situação. Serapião informou-se do preço da passagem de Pavanópolis a Primitivos. "A passagem custa noventa cruzeiros", respondeu-lhe o fiscal. O preço era superior ao que lhe informaram no local do embarque. Mas não quis argumentar ou rebelar-se. Pagou a passagem, pensando que poderia haver esperteza na ação do fiscal. Seu cacife ficou provido agora de apenas cento e vinte e sete cruzeiros. Lembrou-se da bobina e seu desânimo fiduciário recebeu um alento.

Sentiu fome. Havia um botequim próximo e para lá se dirigiu. Os passageiros, todos esfomeados, atulhavam o botequim. Comiam pastéis, pães, lingüiças, bebiam água, cerveja... Na entrada da sentina havia gente esperando a vez.

Serapião se contentou, por economia, com um copo de café com leite e um pão com manteiga. A fera que rosnava em seu estômago, deixou de o apoquentar. Notava que a higiene era precária: copos mal lavados, alimentos expostos onde as moscas atrevidas, insistentes, disputavam com o rebanho humano o seu direito à vida. Comendo, Serapião pensava num misto de ironia e desespero: "benditos micróbios virulentos, que me abreviarão essa vida miserável" e ainda: "as moscas têm opções melhores que o grupo humano, pois daqui vão para as sentinas e das sentinas vêm para aqui..."

Terminado o seu lanche, procurou saldar a sua conta, mas os dois moços que atendiam aos fregueses não tinham tempo de atender aos devedores. O dinheiro ali não era importante...

"Pelo menos nesse aspecto, isso aqui não é tão ruim", conclui Filogônio. "Se eu sair por aquela porta, ninguém vai me embargar." Por fim pagou a conta e regressou ao ônibus.

Entrou um sujeitinho feio, miúdo, magro, de óculos e cara de fuinha. Procurava um lugar. Serapião disse que havia um lugar ao seu lado. Ele se sentou, deu um suspiro e revelou que ia para o Rio. Deveria então baldear. Queixou-se do cansaço, da estrada que enfrentara de Zircônio a Rodarte, da chuva interminável etc.

Serapião compadeceu-se dele e passou a observá-lo. Informou a Serapião que tinha profissão de viajante. Seu produto principal era "fumo de corda", produzido, principalmente, na cidade de Ubiará, famosa por seu fumo forte e cheiroso.

Serapião concluiu que a "festa da vida" não fora organizada para ele. Se alguma mulher lhe sorrisse, num sorriso amoroso, provavelmente teria sido para um outro, atrás. Falando exalava mau hálito.

Serapião ficou remoendo seus pensamentos tristes, triste e só, apesar de todos e daquele homenzinho ao seu lado. Querendo finalmente ter um pensamento de indulgência e contrição, por sua crueldade mental, disse para si mesmo: "mas esse homem tem uma alma luminosa" e logo em seguida, o Gnomo ruim que lhe atormentava, segredou-lhe ao ouvido: "e você tem uma bobina..."

Forçando-se a uma outra perspectiva irônica, Serapião ajuizou: "quem sabe se ele não está pensando cousas semelhantes, isto é, que eu tenho uma alma e ele uma personalidade irresistível?"

A indulgência do autojulgamento, concluiu Filogônio, embala-nos pela vida afora e é o que nos salva do desespero. Puxou de novo conversa com o homem: disse que havia pago noventa cruzeiros pela passagem, preço superior ao que lhe deram no início da viajem, ou seja: oitenta cruzeiros. O homenzinho garantiu-lhe que o preço estava correto. Era esse mesmo. Serapião ficou satisfeito com essa informação, pois assim bania pensamentos injustos relacionados ao fiscal do ônibus.

Enfim chegaram. Ao passar pelo motorista, Serapião quis cumprimentá-lo pelo seu desempenho. Notou nele uma certa expectativa sorridente. Uma passageira, porém, perguntou qualquer coisa ao motorista e esse esqueceu que Serapião existia...

Serapião procurou um hotel barato. Mas com que pagaria as despesas? Lembrou-se então da "bobina" e apertou-a contra o coração: "Ah bobina! Ah minha alma!"

Encontrou o hotel. Deram-lhe um quarto. Cheirava a bafio. Pôs a bobina sobre a mesinha do quarto e voltou à rua. Comprou um sabonete barato, custou doze cruzeiros. Comprou um jornal. Lá se foram mais sete cruzeiros. Sobravam-lhe noventa e três cruzeiros. "Por sorte ainda tenho cigarros", refletiu. Subiu ao quarto, e leu do jornal o que lhe interessou, fez uma oração, tirou a roupa úmida, dependurou-a num cabide e mantendo a cueca, enrolou-se na toalha de banho e foi ao corredor, a procura do banheiro e de um banho. O banheiro era rústico, era horrível, o ralo entupido e a água do banho subindo pelos tornozelos.

Voltando ao quarto notou no seu reloginho que eram oito horas da noite. Concluiu que o melhor era dormir. Mas ainda se recriminou: "És doidivanas, Serapião Filogônio, doidivanas como Júlio César. Estás como ele endividado. Mas Júlio César fez a guerra de conquistas e se projetou e se enriqueceu. E tu, o que fazes? Se fosses pescador, como o velho do livro, serias feliz: simples, tenaz, velho e livre... Mas não és pescador, nem Júlio César. E o que é catastrófico: és um extravagante honesto, de mãos rigorosamente limpas. Se tivesses feito a guerra de conquistas, como chefe do exército conquistador, terias dado dinheiro à população necessitada e mandado enforcar o soldado que se apoderasse do alheio. Por isso estás irremediavelmente perdido. Não és Júlio César, nem o velho pescador, nem mesmo Capitulino Condoreiro. És apenas um 'pobre diabo', sobraçando uma bobina".

Finalmente, dormiu, roncou, disse talvez nos sonhos palavras ininteligíveis, viu coxas rosadas e túmidas de mulheres maravilhosas, deusas para os homens mulherengos e elas lhe sorriam e havia bosques floridos convidando ao noivado...

Mas toda a visão erótica se extinguiu, quando apareceu sua esposa, vestindo um enorme camisolão, olhos úmidos de lágrimas e o indicador em riste, em sinal de advertência e ameaça.

Finalmente acordou. Eram cinco horas. Estava descansado. Às cinco horas e meia levantou-se. Filogônio detestava levantar-se cedo, mas achou de bom alvitre tomar alguns expedientes. Resolveu ir à missa. Sabia que aquele dia era dia de São José e em épocas passadas fora "dia santo", quando mais não seja um dia de devoção do povo. Era católico, mas um católico à sua maneira. Recebera o catolicismo com o leite materno. Fatos, que considerava sobrenaturais acontecidos em sua vida, levavam-no periodicamente ao altar e à oração. Era devoto da Virgem e cria firmemente na divindade de Jesus. Mas era um católico *sui generis*. Não se pautava severamente pela monogamia e nem sempre obedecia às orientações do clero. Era enfim um católico livre-atirador, o que é uma maneira de associar o misticismo à liberdade, e que não deixa de ser uma manifestação de egoísmo e erotismo. "Mas Jesus não repudia nem mesmo a este servo relapso..."

Filogônio lavou o rosto. Sentiu fome, pois seu último alimento nessas últimas trinta horas, fora o pão com manteiga e o copo de café com leite. O pernoite dava-lhe direito ao café da manhã do hotel. Tomaria-o depois da missa, porquanto àquela hora ninguém atendia no modesto refeitório do hotel.

Saiu à rua. A chuva continuava. Sua roupa, úmida da véspera, absorvia mais umidade. Perguntou pela igreja, construída recentemente, a um padeiro que levava pão numa cesta, protegendo a cabeça e os pães com um largo guarda-chuva. A igreja ficava num alto de ladeira. Subiu a ladeira e cansou-se mais do que seria normal. Atribuiu o cansaço à pouca alimentação.

Teve que esperar bastante tempo pela missa, que só começou às sete horas. Depois voltou ao hotel, bebeu café da manhã e comeu pão com manteiga. "Agora sim", pensou, "estou de novo em forma, pelo menos fisicamente; o que me incomoda, porém, é essa roupa e esses sapatos úmidos".

Um pouco mais tarde procurou um motorista e ofereceu-lhe a bobina. O homem recusou comprá-la. Perguntou-lhe se conhecia alguém que precisasse de uma bobina. "Não, não conheço."

Procurou uma casa de peças de automóveis. O encarregado da loja não lhe deu a menor importância.

Serapião sentiu que o homem desconfiava que aquilo era produto de roubo. Voltou triste e abatido, tendo por companhia apenas a sua bobina. Envergonhava-se dela e de si mesmo.

Passou por ele um pobre e lhe estendeu a mão. Serapião sempre sentira horror pela mão estendida, horror que era a resultante da compaixão pelo pobre e da revolta contra os governos que criaram o esmoler. E sempre dava esmolas generosas, quase fugindo envergonhado, depois, como se tivesse cometido uma ação má. Dessa vez, porém, Serapião não sentiu horror pela mão estendida. Era como se fosse a mão de um irmão, que aquela mão o apoiava e estivesse lhe dizendo: "Não te queixes, pois podes ver onde eu cheguei e onde cheguei há também um lugar para ti..."

Serapião pôs vinte cruzeiros sobre a mão estendida. Mais adiante deu dez cruzeiros a outro pedinte. Tinha ainda sessenta e oito cruzeiros. Refletiu: "Um mais pobre dando esmola a um menos pobre..."

Filogônio encontrou um conhecido e percebeu, pela

atenção dos cumprimentos, que ele desconhecia seu drama. Conversaram um pouco. O homem tirou cigarros do bolso, ofereceu-lhe e Filogônio aceitou, pois, mesmo economizando, seus cigarros estavam quase no fim. Mas aceitando, ele que tantas vezes aceitara, sem dar por isso, cigarros filados, sentia o sangue subindo em suas faces. E o cigarro sugeriu-lhe que o homem poderia também lhe emprestar algum dinheiro. Em épocas passadas, fizera favores a esse homem e até lhe presenteara com um bom cavalo. "Sim", refletiu Serapião, "ele me emprestará mil cruzeiros... o que são mil cruzeiros?" calou-se, alheado, sem nada mais perceber, acalentando apenas essa idéia...

Serapião olhou o homem, de repente, nos olhos e já se dispunha a falar, quando percebeu que ele o fitava de maneira algo estranha, como se tivesse notado, em sua fisionomia, um mal contagioso. Afugentou então com horror as palavras pedinchantes, que já saltitavam no céu de sua boca e até se blasonou um pouco, dizendo que saíra de sua casa, com o intuito de voltar no mesmo dia, mas as chuvas e as estradas imprestáveis obrigaram-no a permanecer ali aquela noite.

Depois encontrou um outro conhecido. A idéia do empréstimo repercutiu de novo com força em seu espírito: "mil cruzeiros", pensava Filogônio, "mil cruzeiros, mil cruzeiros"... e os mil cruzeiros acendiam-se e apagavam-se em sua mente, como os letreiros luminosos que vencem pela insistência intermitente. Mas, num esforço supremo, repeliu de novo essa idéia humilhante. Já adivinhava aquele semblante risonho ir aos poucos fechando-se, como a "dormideira", planta sensível, que fecha seus ramos quando alguém a toca.

Mais tarde encontrou um homem cheio de vida, mas envelhecido na torpeza, que avançara nos dinheiros públicos, isto é, no dinheiro do povo. O roubo o enriquecera. E ele, agora, pensou Filogônio, cheio do dinheiro alheio, também do "meu dinheiro", do suor do pobre e eu apenas com esse troféu vergonhoso, essa bobina execrável.

Serapião regressou ao hotel. Na portaria estava escrito: "Desse dia em diante, a cama será cobrada na base de noventa cruzeiros por pessoa". "Faltam-me, portanto, cento e dezessete cruzeiros, se permanecer até amanhã no hotel." Subiu para o quarto. Deitou-se por não ter outra cousa a fazer. Deitado, refletiu: "estudarei melhor o meu problema".

Mas os pensamentos vieram e tumultuaram tudo: "um homem honesto, honestíssimo", pensava Serapião, "escrupuloso ao extremo em questões de dinheiro, mas endividado, desempregado, passando por velhaco, relapso..."

Vieram em farândulas, ao teatro de sua mente, os esgares dos ricos, vários deles enriquecidos na torpeza, na dureza de alma, na desonestidade, na subserviência, e esses javalis, revestidos de mantas de ouro, provavelmente o consideravam desmiolado, leviano, pródigo... "há! canalhas, não vêem que estou com fome e molhado, que vendi a geladeira, o rádio, as jóias da mulher e das filhas, o gado, a fazenda, a casa, tudo, tudo, tudo, para pagar, pagar, pagar e pagar? Não vêem que estou aqui firme, agüentando humilhações insuportáveis, por amor a um nome, à família, aos próprios compromissos?" "Ah! canalhas, que me armaram uma cilada e agora me apontam o seu dedo imundo... Canalhas! Canalhas!"

E Serapião Filogônio ficou cheio de revolta, de impotente revolta, deitado naquela cama velha, que se contaminara, no decorrer dos anos mercenários, com o vômito dos ébrios e os resíduos dos imundos.

Permaneceu por algum tempo inerte e vencido. Depois, decidiu-se: desceu à rua e procurou o centro telefônico. Uma cousa imprecisa vinha incomodando-o desde que chegara a Primitivos, sem que conseguisse identificá-la. Agora essa cousa saltava à sua frente como uma cobra de plástico, que salta de uma caixa sob a ação de uma mola. E essa cousa ou essa cobra, era o objetivo essencial de sua viagem.

Filogônio viera a Primitivos, porque fora informado, que determinada Empresa, de vasto capital, necessitava de um auxiliar categorizado. Andara tão carente e desorientado, que só agora se lembrava disto. "Mas primeiro telefonarei..."

Pediu uma ligação interurbana. A telefonista informou-lhe que teria de esperar bastante tempo. Serapião dispôs-se a esperar. Sentou-se: "E se o preço do telefonema for superior ao dinheiro que tenho? Enfim, veremos..."

Um rapaz entrou no posto telefônico. Trazia na mão um cacho de bananas. Deu uma banana a cada uma das moças que lá atendiam e começou a gracejar com elas.

Através da porta do posto telefônico, Serapião viu o vendedor de bananas, ostentando os cachos dourados das frutas. Não resistiu. Saiu e comprou meia dúzia de bananas. Ao regressar, as moças puseram-se a rir para ele. Compreendendo o sorriso, ofereceu-lhes as bananas. Elas aceitaram, joviais. A liberalidade deixou-o reduzido a duas bananas, as quais comeu deliciadamente.

Um gaiato, pelos seus trejeitos, parecia esforçar-se a uma tentativa de namoro. Era do tipo que realiza a corte, apoiado num descaramento jocoso. As moças, de vez em quando, torciam-se de risos, e ele, animado, aumentava suas graçolas, nas quais havia mais vulgaridade do que humor. De repente, mudando a fisionomia, perguntou obsequioso: "querem mais bananas?" Elas disseram que "sim", supondo-o em assomo de generosidade. Ele então fechou a mão, no gesto insultuoso e disse-lhes: "toma..." Serapião riu com os outros, pelo imprevisto, porque o sal das anedotas é o imprevisto.

Uma das moças, solidária com a urgência de Serapião, insistiu em sua ligação que se realizou pouco depois. Ele pôde então falar com sua mulher e recomendar-lhe que vendesse as galinhas e o cevado, que engordava num chiqueiro e lhe mandasse o dinheiro obtido, por ordem telegráfica. A esposa, com o coração ferido por tantos dissabores, disse que sim, que venderia as galinhas e o cevado e lhe mandaria o dinheiro.

Serapião pendurou o fone com um peso no peito e um nó na garganta. Pediu a taxa de cobrança. Ficara em vinte e cinco cruzeiros. Deu trinta cruzeiros e disse à telefonista que ficasse com o troco. Restavam-lhe assim trinta e três cruzeiros e a esperança dos animais caseiros.

A fome voltava a rondar a gruta de seu estômago. Procurou um bar. Perguntou o preço de um copo de leite e depois o preço de um bolinho doce. Tranqüilizou-se. O copo de leite e o bolinho ficavam em dez cruzeiros. Levou a mão ao bolso, procurando cigarros. O maço, porém, dobrou em sua mão. Estava vazio. Ficou preso ao dilema: alimento ou cigarro? Decidiu-se a favor do cigarro. O dinheiro permitia alimentar o vício. Comprou um maço de cigarros, tirou um cigarro da carteira acendeu-o e se dispôs a procurar a empresa.

Foi recebido fria e desdenhosamente. Não lhe permitiram nem mesmo dar as suas credenciais. Percebendo o desdém e querendo retribuir com altivez, pôde apenas retribuir com hostilidade. Retornando o caminho, pensava que Jesus também fizera a sua *via crucis...* ajuizou porém: "Essa barba crescida, essa roupa amarfanhada, esses sapatos úmidos... não há de fato empresa próspera que se interesse por alguém nesse estado.

Mas refletia ainda: "Fiando apenas nas aparências, quantos talentos deixam de ser aproveitados. Se trabalhasse ali, um mês que fosse, já fariam tudo para que lá continuasse..."

Serapião confiava em seu talento. Continuava: "Darão o lugar a alguém recomendado por algum figurão. Mas terá competência, ou seja: a competência que só a vida, as marés, as atividades múltiplas conferem? apanham o vidro de falso brilho e negligenciam o diamante largado na sarjeta..." O despeito fazia-o superestimar-se. Ou talvez ele não se superestimasse e fizesse apenas justiça à sua capacidade e vivacidade de espírito. Nessa atitude havia também, certamente, esforço para tirar de cima do seu corpo, já debilitado, o peso enorme do "não" que recebera e que também lhe lacerava a alma.

Um pobre lhe pediu uma esmola. Serapião deu-lhe o dinheiro que lhe restava.

"Também só me falta", pensou amargamente, "fazer como ele e estender a mão à caridade pública... mas, não tendo qualquer dinheiro, estou alforriado da preocupação que o dinheiro acarreta" – concluiu ironicamente.

Nesse momento lembrou-se de um episódio que presenciara: o pobre era macilento, arfante e súplice. Entrou na casa de calçados, onde Serapião comprava um par de sapatos para seu filho. Uma linda moça, filha do proprietário, o atendia. Era um contraste, a beleza da filha com a aparência do pai: magro, adunco, amargo...

O pobre estendeu a mão, nem mesmo falou, que a fala de tão fraca talvez nem fosse audível. Houve uma explosão na insopitável maldade daquele homem:

– Vai trabalhar vagabundo, malandro, parasita.

A mão estendida foi se encolhendo, o tremor tomou conta daquele corpo bambo, combalido. O ar machucado, percebeu Serapião, como que se dilatava e machucava também a alma. O pobre foi se retirando devagar, confuso, atônito. A lentidão da retirada exasperou o proprietário. Adiantou-se num salto, agarrou o braço do mendigo, sacudiu-o brutalmente gritando:

– Rua, vagabundo...

Houve então uma cousa inacreditável, uma coisa medonha. Como que o mistério da morte, tendo sido convocado pela suprema degradação do espírito, fez o pobre arquejar, abrir os braços desmesuradamente, inteiriçar o talhe enfermiço e tombar morto, desamparadamente... O sopro débil da vida, que animava o seu corpo, evolou-se. A brutalidade da agressão superava em muito aquela ínfima capacidade de resistência.

– Mataste este homem. – gritou Filogônio.

A moça arrebentou-se em soluços, sentindo talvez a sua própria infelicidade, a infelicidade de ter sido gerada por um abutre...

De novo em seu quarto: Serapião tirou a roupa, estendeu-a sobre a cadeira e estirou-se sob a coberta. Dispôs-se a dormir, mas exortou: – Oh sonho, embala-me! Toma-me em teus braços, poderoso servo, e leva-me ao país da quimera e da beleza!

Mas seus sonhos foram esquisitos: primeiro sonhou que havia uma grande banheira cheia de água e seu filhinho, dentro dela, esforçava-se para não se afogar, pois a altura da água era superior à altura do menino. Depois se viu, ele próprio dentro da banheira, e ele também se esforçava para não se afogar, com a diferença de que não se punha de pé, mas permanecia sentado. Se se levantasse, teria a cabeça fora da água. Por que então permanecia sentado?

Depois sonhou que se achava em companhia de sua mulher, num campo escalvado, pedregoso e cheio de ravinas. Sua mulher viu uma cobra pintalgada, de couro parecido com o da onça pintada. A cobra tentou mordê-la. Ela tirou do pé uma sandália, para dar-lhe uma pancada. A cobra executou o bote, mas inócuo, porquanto Filogônio viu, nesse momento, que ela não tinha boca.

Depararam depois com um bando de onças por cima de uma ravina e muito próximo deles. Serapião não portava armas no momento, ele e sua mulher ficaram cheios de susto. Serapião pegou uma pedra e arremessou-a sobre o bando. As onças dispararam numa corrida ridícula, de rabo entre as pernas, enquanto Serapião continuava afugentando-as com gritos hostis.

Quando acordou, supôs que os sonhos fossem proféticos e suas dificuldades partissem de seu próprio desalento.

Filogônio acreditava na insondabilidade de tudo. A humanidade, pensava, é como uma criança em noite escura, diante de um bosque. A criança treme, chora e supõe mil feras e fantasmas, mas o interior do bosque apenas a luz do dia poderá revelar. Essa luz será Deus para os crentes, a Ciência para os agnósticos...?

A realidade, lembrou-se Filogônio, confirmou um sonho que tivera uns dois anos antes: sonhou que estava num casebre que fora construído sobre um ribeirão. Sua menina de cinco anos fazia-lhe companhia. Serapião colocara sobre as tábuas do assoalho uma enorme quantidade de dinheiro, em pilha bem equilibrada de notas de valor máximo. A garotinha brincando, descuidada, esbarrou na pilha de notas. Elas resvalaram, como um castelo de cartas que desaba, por uma larga falha do assoalho e caíram na correnteza do ribeirão.

Filogônio, apavorado com o prejuízo, mantinha-se imóvel e mudo e fitava apenas o dinheiro sobre as águas, com os olhos arregalados. Nesse momento chegou um amigo. Presenciando a cena, deitou-se rapidamente no chão e, estendendo o braço através da fenda, enfiou a mão na água e retirou por diversas vezes parte considerável do dinheiro, depositando-a sobre o assoalho. De repente, numa das repetições do gesto, sua mão tornou-se inerte e o homem foi tomado por profunda reflexão. Havia tempo suficiente para a recuperação de todo o dinheiro, mas ele deixou que o dinheiro se perdesse, que fosse arrastado pela correnteza. Serapião viu uma série de bolhas cristalinas subirem no leito do córrego, formarem um chuveiro prateado e seu dinheiro sumir-se inapelavelmente na sucção das águas.

De manhã achou o sonho original e contou-o à sua mulher, rindo-se de coisa tão estapafúrdia. Mais tarde, esse mesmo amigo foi um dos personagens principais na cena de sua falência. Começando por ajudá-lo, encheu-se subitamente de cobiça e concorreu para o desmoronamento total de seus negócios. Sua mulher foi a primeira a lembrar-lhe o sonho, quando a realidade o confirmou.

Serapião olhou as horas em seu relógio de preço barato, que pensou vender no dia anterior, obstado, porém, pela vergonha e o medo da suspeita de furto. Eram três horas da madrugada. O sono se esvaíra. Sentiu o estômago murcho como uma sacola vazia e soltando ruídos, como um gato esfomeado rondando um depósito de carnes.

Afinal, refletiu, sua fome não era das piores. Estava em jejum forçado, mas não total. Lembrou-se que, certa ocasião ficara 48 horas sem comer nada, a título de experiência e seguindo orientação de um artigo médico. Nem por isso perdera sua disposição para as tarefas corriqueiras. O médico recomendava jejum, em determinadas circunstâncias, de 24 até 36 horas de duração. Serapião, porém, achara tão fascinante aquela vida de soberana indiferença pelo alimento, sentia-se tão bem, tão isento de regurgitações digestivas, que prorrogou o jejum por um prazo superior ao recomendado. Nunca em sua vida, a não ser em sua infância, sentira tão nitidamente a emanação panteísta das coisas naturais, os caminhos batidos do sol matutino, os pássaros, as brisas nas ramagens, as mangas e as laranjas envergando os ramos e tudo o mais.

Encontrara-se nesse período de euforia, com um grupo de conhecidos que vinha de um banquete, de uma lauta refeição, acometido de bocejos e arrotos. Serapião sentiu nojo daquela gente, de vísceras fermentadas e pele untuosa de temperos.

Atribuiu então a atual obsessão pela comida, a um derivativo de sua infelicidade. Nesse momento Serapião sentiu frio e puxou o cobertor por cima do lençol que o cobria. Sentiu calor em seguida. Irritado, não compreendendo as reações do seu corpo, desceu as cobertas e ficou nu ao relento do quarto.

Os pernilongos começaram a incomodá-lo e ele se comparou a uma carcaça abandonada, perseguida de urubus. Acendeu a luz, fez uma clava do jornal que comprara e passou a caçar os mosquitos pelas paredes. Subiu na cama, abaixou-se por baixo da mesinha, jogou no forro a sua calça para desalojar algum que lá se encontrasse. Perguntou-se zombeteiramente: – Onde está meu respeito à vida que a natureza criou? Não passo agora de um turbulento exterminador de espécies, um genocida, um pernilonguicida. A fera que dormia em mim, num sono hibernal, acordou. Quebrou a carapaça do seu gelo. E ei-la, impiedosa, caçando a tribo dos mosquitos, na falta de alces, mastodontes, ou outras tribos inimigas. E a minha lança de pedra lascada é o meu jornal.

Afinal a vitória lhe sorriu: depôs a sua arma gloriosa e voltou ao descanso merecido do leito. E Filogônio teve uma estranha sensação: o seu quarto era altíssimo como uma Torre de Babel, a Torre de Babel de suas confusões. Ele era enorme, estava comprimido nesta Torre, em pé, como um foguete, um foguete planetário, pronto para partir para outro planeta. Seria lançado desta Torre como de uma catapulta. Mas não iria para outro planeta cousa alguma, já formara a sua intenção. Enganaria aos homens, que queriam se valer de seu gigantismo e da sua super-humana resistência física.

Entreviu vagamente um tipo pequeno, calvo, feio e mau, dando ordens, rodeando a sua Torre, que era a sua prisão e da cápsula da bala humana que era ele. Fizeram-no decorar exaustivamente as suas ações no espaço. Interiormente, porém, tinha um riso feroz. Não iria a planeta algum. Ficaria no espaço, transformado em satélite terreno e presentearia essa Terra mesquinha com todos os gestos e nomes obscenos de seu repertório.

Mas a hora é chegada... Buuummm... Foi projetado aos espaços... e acabou no chão, alagado em suor. Levantou-se num suspiro de alívio, mas algo desapontado. Bebeu água, lavou o rosto e deitou-se novamente.

Um raio de luz, de lâmpada acesa no corredor do hotel, filtrava-se através da bandeira da porta do quarto. O feixe luminoso incidia sobre a figura de um velho pescador, num quadro sobre a parede da frente da cama. Estava em posição ideal, para que Filogônio, mesmo deitado, contemplasse "o velho".

E Filogônio olhava-o fixamente, fixamente, obstinadamente, enquanto a figura crescia, crescia, crescia luminosa, policrômica e viva. Ficou enorme, a encher todo o quarto. Filogônio contemplava-a num êxtase e dizia a si mesmo:

"Que admirável fisionomia! Nela se concentram sabedoria, bonomia, altivez e humildade, força cansada, mas ainda poderosa, resignação ante a velhice inapelável e o sentimento de quem tudo provou e viu que tudo é vaidade. A humanidade, em vez de demagogos, deveria ter homens como esse pescador, para guiá-la. Homens temperados da inocência temerária. E o mundo seria salvo da destruição para a qual caminha. Os seus guias não fariam discursos nem ameaças, não usariam de engodos ou mentiras. Ostentariam apenas o exemplo do labor fecundo. E os homens, diante de um olhar que conhece os segredos mais íntimos e as intenções mais ocultas, ficariam tolhidos para o mal e libertos para o bem e o gozo das dádivas terrenas."

E Filogônio identificava no velho o personagem de Hemingway. Que façanha sobre humana a desse velho, lutando com um monstro na confluência de dois infinitos, dialogando com os seus próprios pensamentos, tentando matar o grande peixe e ao mesmo tempo apiedado dele, amando-o, admirando-o, protegendo-o dos tubarões, como um apaixonado protegeria o cadáver de sua amada contra um bando de lobos famintos.

O velho, só, com suas feras marinhas, na imensidade salobra, era bem um timoneiro do mundo. E se ele quisesse, com um movimento de seu leme, mudaria o movimento da translação da Terra. Mas era um velho ajuizado, um mago indulgente, um bom feiticeiro telúrico, e não quer tumultuar a Ordem Universal. Quer apenas comboiar o seu peixe, o seu troféu, o seu viático, contra a urucubaca que o persegue. A visão dilui-se aos poucos, lentamente. Primeiro apaga-se a parte inferior do corpo. Depois o resto, ficando, no entanto, o rosto e os olhos citríneos. O rosto é, em seguida, absorvido como presa dócil, pelos dois polvos que são os olhos. Ficaram os olhos apenas, dois focos, mas cheios de humanidade, e a humanidade é tanta que por eles Filogônio pressente o corpo todo que se deliu. Por fim, os olhos caminham um para o outro, como duas tarântulas luminosas na mímica do cio... encontraram-se, amalgamaram-se, juntaram seus poços de luz, como as gotas de água que se incorporam.

Ficaram apenas como um foco único, um olho de ciclope, um ciclope do qual se vê apenas o olho, pois a escuridão sorveu o seu enorme corpo. É um olho único, mas como é irônico, como chega a ser mordaz, olhando...

Filogônio sente-o rindo, um riso silencioso, um riso lunar, óptico, mas que chega a contrair as maçãs do rosto que se furtam. E esse olho vai crescendo, crescendo, tornado-se vítreo, pétreo, inanimado, de uma luz clara, baça, desprovida agora de toda a alma, de toda a intenção e...

Acordou, é dia alto, olhou o relógio: 9:1/2 horas. Lembrou-se assustado que perdera o direito ao café da manhã, cujo horário encerrava-se às 9 horas.

Sentia a boca amarga e o corpo um pouco trêmulo. No

espelho a fisionomia refletiu-se-lhe desfeita, macerada, dominada de olheiras.

O vidro de água estava vazio. Serapião não quis sair do quarto a procura de água bebível, para que ninguém notasse o seu deplorável aspecto. Aparou então um pouco de água da torneira, água barrenta, contaminada das enxurradas contínuas, e bebeu-a. Lavou o rosto, vestiu-se. A roupa continuava úmida. O ar era úmido. Seus pensamentos eram úmidos.

· Desceu à rua. Foi direto ao Banco. Mas nada havia para ele. O remédio era esperar. Andava como se levitasse e sentia-se fraco. As forças abandonavam-no enquanto a fome crescia.

Encostou-se à porta da entrada do hotel. Havia na calçada uma cadeira de engraxate, alta como um trono, e protegida pela marquise do hotel. Sobre ela um velhote jovial, banguela, tagarelava com um homem alto, que se postava de pé ao seu lado.

O velhote dizia num riso moleque:

– Vem aí o homem da vassoura. Isso agora conserta...

O outro era um homem robusto, meia idade, narigudo, e fisionomia severa. Retorquia:

– Qual o quê! Só conserta isso o homem que tiver quatro colhões. Está tudo perdido. O cidadão aprendeu a roubar e a malandrar e agora não tem mais jeito. Se fizerem um processo consciencioso, uma metade do País se condenaria. Eu mesmo talvez fosse parar dentro de uma cadeia.

O velhote riu-se de puro gozo, mostrando as gengivas vermelhas. Olhou para Filogônio significativamente. Filogônio percebeu que eles se sentiam lisonjeados, por terem alguém para apreciar a sua verve. O velhote ria a bom rir e repetia balançando-se na cadeira, com as pernas enlaçadas nos braços finos:

– Um homem de quatro colhões, um homem de quatro colhões...

– Pois é, continuava o sujeito narigudo –, um homem de quatro colhões, que encostasse daqui para diante a quem roubasse num muro diante de um pelotão de fuzilamento... Aconselho porém a não mexer com o que está para trás, que o fio da meada não tem fim. Os governos passados estragaram o país. Isso era apenas uma grande fazenda dos políticos dominantes. Quem levantasse o bedelho, pau nele, polícia, surra, deportação. Quem é besta para tomar lambada? O melhor era adaptar-se, pôr o retrato do mandão na sala de visitas ou na loja do comércio e entrar na colundria. Quem tivesse a boca grande comia muito. Só comia pouco quem fosse enfastiado de natureza. E o cidadão, por um mecanismo de defesa pessoal, aprendeu a bajular, a mentir, a sonegar, a roubar. Até homens de caráter, que no começo se revoltaram, no final entraram no samba, que o samba é gostoso. E pegaram cargos polpudos e a Pátria mandaram às urtigas.

O velhote luzia os olhos gaiatos com a eloqüência do parceiro. Sorria deleitado, de boca murcha, a despeito de todo esse quadro deprimente, e Serapião percebia, quando ele lhe lançava olhares significativos, que tomava para si próprio, pelo direito da intimidade, parte da glória daquela eloqüência...

Mas o homem gesticulando, andando até à beira da calçada, lançando de esguicho jatos de saliva, mexendo-se inquieto como fera na jaula, continuava:

– O lavrador, o homem que vive de sua gleba, sem o qual esse País morreria de fome, é um pária, um pobre coitado, esgotado por impostos escorchantes, sem a garantia da Lei, pois se a sua propriedade é invadida, em vez do governo fazer valer a Lei, passa a mão na cabecinha dos invasores, coitadinhos, vítimas da Sociedade... ou da malandragem? Entre o homem que dá duro na terra e o que a invade, sem a ter trabalhado, qual é o mocinho e qual é o bandido? A roubalheira é geral. O patrimônio do País é uma grande gamela de vitualhas, na qual uns metem as mãos, outros baixam a boca, a boca voraz e insaciável, e outros, enfim, moralmente anestesiados, entram de corpo inteiro e brigam como cães ferozes, na disputa dos melhores bocados...

A espinafração do homem narigudo estava interessando vivamente a Filogônio. Acercou-se mais um pouco e interpelou timidamente:

– Mas então não se salva ninguém?

– Salva-se o senhor – retorquiu o homem, encostado nesta parede, de roupa molhada, barba grande e cara de esfomeado. – Salva-se o funcionário, que por ser honesto, vê o medíocre, o corrupto, o cínico, passarem na frente e monopolizar os cargos de chefia, para desgraça da Administração. Salva-se o Juiz íntegro, que graças a Deus ainda temos. E todos os que tapam o nariz e contam o dinheirinho escasso, para saber o quanto poderão suprimir de fome até o fim do mês.

Serapião esboçou um riso amargo, envolvido que foi e até mesmo ofendido naquele maremoto moral, ainda que admirando a intuição do homem a seu respeito.

Nessa altura, o velhote, talvez já com as descarnadas nádegas doloridas, bateu palmas, enquanto se levantava, lépido como um menino. Rindo sempre seu riso irreverente e murcho e levantando o braço bem alto, exclamou eufórico (e Serapião percebeu que o interessava apenas zombaria):

– Mas aí vem o homem da vassoura... isso agora conserta...

O homem narigudo e o velhote gaiato olharam então para Filogônio, como dois atores que, tendo concluído bem o seu desempenho, se julgam merecedores de aplausos. Foram-se sem se despedirem de Serapião e enquanto se iam pela calçada molhada e melancólica, refletindo a luz baça do sol encoberto pelas nuvens, prolongavam o diálogo, o quase monólogo, com o Catão Tupiniquim gesticulando, gingando o corpo, cuspinhando feroz e o seu companheiro submisso o aprovando em casquinadas joviais e pinchos simiescos.

Serapião voltou ao Banco. Os funcionários lançaramlhe um olhar hostil e o que estava mais próximo, a quem ele perguntou novamente pelo dinheiro, respondeu-lhe negativamente e de maneira grosseira.

Já fora, na calçada, notou que um funcionário viera à porta e relançava um olhar sombrio pelas imediações do Banco. Serapião percebeu que o homem não se movia do lugar, a espera que ele se distanciasse.

Afastou-se ofendido e humilhado.

Entrou numa farmácia onde havia uma balança e verificou seu peso. Emagrecera quatro quilos. Viu sua fisionomia projetada num espelho ao lado e assustou-se: a barba estava crescida e nos olhos encovados boiava uma chispa feroz, a chispa que tremula no olhar de um mastim quando o vírus da raiva se insinua em seu sangue.

A roupa continuava molhada e os sapatos sujos de lama e encharcados. Um tremor imperceptível agitava seus músculos, seus nervos.

Para onde iria? O dinheiro, não o conseguiria naquele dia, porquanto sendo sábado o Banco fecharia ao meio-dia e faltavam poucos minutos para meio-dia. No dia seguinte, por ser domingo, também não.

A fome rondava-o ameaçadoramente. Sentia-a como um rafeiro sujo, do qual via apenas a cauda peluda e molhada. Mas essa cauda roçava-lhe nas pernas, escurecia-lhe a vista às vezes. Tinha um cheiro morrinhento, o cheiro dos cães que há muito não se lavam e caíram inesperadamente dentro d'água.

Vinha pela rua um tropel de gente, um magote molhado e imundo, tresandando a cachaça.

Era um enterro.

Levava de cambulhada um caixão forrado de roxo. Mais parecia uma farsa, uma crítica popular, do que a suprema viagem de um homem para a fraternidade dos vermes.

Era gente da roça, de longe. A cachaça que bebericara pelos botecos da estrada, pusera-a animada e enérgica. Quase todos estavam de pés no chão, de calças arregaçadas até ao joelho, enlameadas. Um dos que carregavam o caixão, sustinha o chapéu nos dentes. E falavam e gritavam e riam.

Serapião escutou várias frases:

– Ê Zé que bicho pesado. Ô bicho pesado. Ô filho da mãe... Vivo nunca carregou ninguém, agora depois de morto parece que comeu chumbo.

– Também um boa-vida daqueles. Era bem barrigudinho. E as minhoca vão "comer gordo" muito tempo...

– Respeita os mortos.

– É, respeita... Se não logo mais ele vai puxar as perna d'ocêis...

– As minha não, alto lá... Vai puxar as perna daquela cadela que punha chifre nele...

Serapião percebeu que eles não insultavam o Morto. A raiva era antes contra as suas próprias vidas, contra a penúria, contra a cachaça que os dominava, que os fazia falar impensada e insensatamente. Insultavam a Morte, que após uma vida miserável roubava-lhes a possibilidade de uma reabilitação e era como que uma grande frustração e um desapontamento eterno e sem remédio. Apesar de toda a irreverência, disputavam o privilégio de pegar na alça do caixão. Um pegava, chegava o outro, batia-lhe no ombro. A mão que segurava saía, a outra entrava. E era como se fosse um aglomerado de formigas, arrastando um pequeno verme para a escuridão da panela.

Serapião achava-se em frente de um bar. Um dos carregadores, um mulato baixote e vigoroso veio correndo, respingando água da chuva, e mandou que lhe servissem cachaça. Serapião entrou no bar para abrigar-se da chuva. O mulato então levantou o copo e disse, dirigindo-se a Serapião:

– É servido?

Serapião supôs instintivamente que ele adivinhava em sua pessoa um amante da pinga, sem dinheiro para pagar uma entrevista com a sua amada. E julgara-o assim, ao notar seu desleixo, sua barba crescida, seus olhos encovados. Ou seria o costume fraterno das nossas regiões rurais, que leva alguém a oferecer bebida ao desconhecido?

Aceitou a cachaça. Ingeriu um meio copo. Afinal, pensava ao beber, o álcool produz calorias. Mas a cachaça caiu-lhe no estômago como um besouro de fogo. E ficou lá dentro, arranhando com suas patas peludas, como tenazes elétricas. Em pouco veio a tonteira. Filogônio sentou-se no chão para não cair. Um suor abundante descia e aumentava o encharcamento da sua roupa. Já estava arrependido da extravagância. Em jejum completo há tantas horas e tomar cachaça, a bebida flamínia, "o espírito malo" que arma a garrucha do marginal e aligeira a navalha do malandro?

O dono do bar achegou-se, solícito.

Perguntou a Filogônio se precisava de alguma coisa, um médico, um medicamento, um alimento forte. Filogônio agradeceu-lhe entre as névoas de sua tonteira. Pediu-lhe apenas para deixá-lo ficar por ali, até que melhorasse. O homem acudiu bondoso:

– O Sr. poderá deitar-se na cama do cômodo ao lado. Pode fechar a porta, ficar à vontade. Se precisar de alguma coisa, é só chamar...

Serapião aceitou o oferecimento. Levantou-se cambaleando. O homem susteve-o e apoiado ao homem desconhecido, ao seu Anjo que se materializava, encaminhou-se para o leito. Deitou-se. O Anjo tirou-lhe os sapatos. Depois saiu, puxando a porta devagar. Ainda repetiu:

– Se precisar de alguma coisa é só pedir. Se eu me ausentar, minha mulher ficará em meu lugar.

Serapião deixou-se ficar deitado bastante tempo. Quando sentiu que a perturbação passara em sua fase aguda, levantou-se e aferrolhou a porta. Tirou as meias, a roupa úmida e estendeu-as sobre uma cadeira. Estirou-se nu na cama.

A chuva tamborilava sobre as telhas baixas. Era um ruído milenar, um ruído pré-histórico, barulho de uma água impura, batendo na pedra, na argila, afundando na turfa, enviscando o lodo e Serapião supôs-se um homem das cavernas, rodeado de fome e cercado de feras. Mas era um elo na cadeia da evolução humana e daqui a milênios os homens teriam sol, farturas, iguarias, amores despidos de tristezas e de conseqüências pecaminosas. Daqui a milênios, a riqueza do homem seria apenas a sua imensa alegria e o dinheiro, o papel contaminado da mão de Satanás, estaria nos museus, como demonstração da fase de escravismo moral da humanidade.

Sentia-se ainda tonto e uma dor forte, queimando, dor de queimadura, instalara-se em seu estômago, como lesma em sua concha. Pensava com insistência: "Preciso comer, preciso comer, preciso comer..."

Seu pensamento era um relógio bem regulado e seu tic-tac era aquela frase. Mas o relógio parece que arrebentou uma mola e passou a bater mais depressa, anormalmente. E ele só ouvia agora a palavra "comer". "Comer, comer, comer, comer..."

Vinham aromas de carnes do lado de lá do tabique, que resguardava o seu quarto, onde se cozinhavam e se fritavam pastéis e quibes, para vender no bar.

E ele tinha boca, tinha vontade, tinha no cérebro o seu relógio com o seu tic-tac, tinha a caridade do dono do bar e se conservava mudo e faminto e dolorido e tenso. Mas por que sua boca não se abria para pedir?... É que havia alguma coisa que lhe impedia. Havia uma garra, uma tenaz de ferro que lhe constrangia a garganta e essa tenaz se chamava "orgulho", obra-prima do seu pecado.

E ele sentia-se zonzo, volátil, leve, imponderável, voando, flutuando entre montanhas aromáticas de flavos pastéis tépidos, crepusculares pernis assados, alvos cômoros de arroz de forno, róseas pirâmides de camarões cozidos. E ele achegava-se sôfrego, faminto, frenético e quando estendia os braços, abria as mãos, retesava os dedos, as iguarias, as vituálias tornavam-se gasosas, imateriais e ele passava por elas como um pássaro desorientado passa por uma nuvem.

E então exclamou no auge do desespero: "Mas que significa isso tudo?" E uma voz clara, forte, vinda dos horizontes comestíveis respondeu-lhe: "Isso significa morte..."

De fato a palavra vinha do bar, percebeu, acordando. Falavam da morte do homem que há pouco fora enterrado. Ele escutava a conversa claramente, por cima da parede sem forro. Alguém falava:

– Ele bebeu, bebeu, bebeu tanto até ficar com barriga d'água. O doutor lhe disse que se não fizesse dieta rigorosa, "acabava comendo galinha atrás do toco". Mas ele não ligou. Sofreu bem, coitado, e finalmente "varreu o rancho".

– O que ele fazia?

– Era feitor lá na fazenda. Mas faz mais de um ano que estava parado. Mas o que se vai fazer? O fim de nós todos é isso mesmo: quatro tábuas mal lavradas, um pano roxo e sete palmas de terra por cima do buxo.

– Deixou família?

– Deixou... Uma mulata sacudida, muito vaidosa e cinco moleques.

– E agora?

– Há! Eles vivem bem. O patrão é "inchado" com a mulata. Há muito tempo ele roubava do falecido...

– E ele sabia?

– Devia saber, mas fazia que não sabia. Também a mulher dele de verdade, toda a vida, foi a cachaça. Ele gostava mais da pinga que da mulata. Vivia bebo...

– Mas por que vocês bebem tanto? Não vêem que cavam prematuramente a sepultura?

Filogônio percebeu que essa voz era refinada, de gente melindrosa, acostumada ao conforto.

– A gente bebe porque a cachaça tá aí. Se bebê morre, se não bebê morre do mesmo jeito... Tanto faz como tanto fez... A cachaça é mulher safada de quem a gente gosta. É mulher da vida que domina homem direito. Ele bate nela quando pega ela com outro homem. Depois abraça com ela, chora na cama dela, deixa a mulher legítima largada e desprezada por causa da safada. Mas ela não tem amor ao homem. Quer é o dinheiro dele e leva ele de desgraça em desgraça, de desonra em desonra e zomba dele e ele acaba passando por sem vergonha...

– Mas isso está errado.

– Errado está. Mas o home não sabe andar direito. A vida do home é uma canoa sem remo na correnteza. A canoa vai onde a correnteza leva...

– A vida deve ser prolongada pela higiene, alimentação sadia, o ambiente familiar.

– Ô seu moço. O home é um coelho, a morte é a onça. O coelho pensa que vai pastar sossegado e depois vai descansar na sua toca. Aí vem a onça, dá um tapinha nele e adeus coelho...

Filogônio tivera como mestre do idioma um padre que abandonara a batina e viera de Portugal para o Brasil. Era de uma sólida erudição, latinista competente e de prodigiosa memória. Sabia de cor todos *Os Lusíadas* e muitas outras poesias. Transmitiu a Filogônio o amor às letras. Filogônio fazendo coro com o filósofo rústico recitou baixinho:

Mas em vida tão escassa
Que esperança será forte?
Fraqueza da humana sorte
Que quanto da vida passa
Está recitando a morte...

Filogônio percebeu que as pessoas que estavam no bar haviam se retirado.

Uma grande mosca varejeira, zumbindo no ar, despertou-o dos seus pensamentos.

Havia um silêncio no bar, pesado e cauteloso. Da cozinha, porém, vinham ruídos leves da cozinheira, nos movimentos autômatos do seu ofício.

O ar parecia arfar sob aura inexplicável, invisível, como eletricidade atmosférica que precede as grandes tempestades.

Depois uns passos cautelosos foram do bar em direção à cozinha. A porta se abriu. Serapião pressentiu que "o seu Anjo" preparava uma cilada para a cozinheira. Adivinhou movimentos que resistiam e outros que se esforçavam por dominar. Resmungos, palavras em voz baixa. Depois uma pequena pausa atemorizada. Os passos do homem vieram em direção ao quarto de Filogônio. Pararam em frente à porta. Percebeu que olhava pelo buraco da fechadura. Adivinhou tudo. Haviam se esquecido dele, em virtude do seu silêncio e ao se lembrarem, de repente, com medo de se acharem descobertos, pararam em meio ao caminho de suas torpezas amorosas e o homem veio espioná-lo. Serapião então fingiu que dormia e até mesmo passou a ressonar artificialmente. O homem voltou, agora, numa passada vivaz. Exclamou baixo, mas de maneira audível:

– Está dormindo...

Percebeu que a mulher retrucava:

– Sai daí diabo... Que tentação... Eu conto pra sua mulher...

Ele respondeu:

– Deixa disso meu bem... Não vê que eu gosto de você? Minha mulher está longe...

E agora ela:

O QUASE FIM DE SERAPIÃO FILOGÔNIO

– Eu conto pro meu marido...

E ele:

– Mas o que você viu hoje? Quem ganhou uma vez virou dono...

Filogônio escutou beijos... Pensava: "Que Anjo safado! Peca contra o 6º mandamento, peca contra o 9º. Não demora muito está despejado do céu".

Passaram-se breves momentos. Havia ruídos inconfessáveis... Depois as passadas do homem voltaram ao bar. Já chegava um freguês. A eletricidade atmosférica como que se desfizera... Os movimentos da mulher na cozinha ganharam vivacidade e ela trauteou um sambinha.

Mas agora quem se achava impaciente, excitado, era Serapião. Pensava: "Que falta de respeito, que desconsideração para comigo. Então foi para assistir a toda essa pouca-vergonha que esse sujeito me facultou essa cama? Safado, Anjo safado! Mulher safada também, que acaba de cornear o marido e começa a saracotear-se num samba. Que mundo perdido, meu Deus, que mundo desleal, adúltero, pejado de lascívias como um tumor de pus! Por que Jeovah não lanceta esse tumor com o bisturi de sua justiça? Por que não vem logo esse "fim do mundo" que há tanto tempo apregoam os Jeremias e os profissionais das lamentações? Essa humanidade, que suja a crosta desse planeta, é apenas o produto dos gemidos subalternos, das posses sem amor, das posses venais, adulterinas, dos contatos doentios e mesmo o produto carnal mais coerente, o filho mais luminoso do amor mais perfeito, afinal de contas, não é nada mais do que esperma e secreções ovarianas, segregações de órgãos inferiores que o homem e a mulher velam sempre, numa suprema vergonha...

A noite se insinuava através da cortina da chuva. Filogônio fez intenção de se levantar e fugir daquele covil. Mas sua volição achava-se tolhida. Uma grande lassidão encobria seus músculos. Foi obrigado a continuar ali, mesmo diante da reação de seu pundonor.

Uma modorra doentia, dolorosa, lassidão mórbida de cachaça e fome vestia seu corpo, como túnica invisível. Achava-se revoltado e impotente, sendo ao mesmo tempo censor e beneficiário de organização obscena e pornofônica. Era o assistente gratuito, a claque daquela comédia abjeta, a testemunha daquele delito adúltero. E o seu silêncio, a farsa do seu sono, o seu fingido ressonar, propiciaram toda aquela canalhice que desengolfava agora em saracoteios de samba...

Que mundo triste, que triste mundo, onde a emboscada se arma dentro do próprio lar e pelo seu próprio chefe...

Serapião de novo sentia indistintamente a cauda de seu sabujo, do sabujo da sua fome, agitando-se ao pé de seu catre. E o cão devia estar alegre, pois a sua cauda batia na viga da sua cama, febrilmente, agitadamente, na exultação da alegria canina. Apareceu aos poucos sua cabeça, como se um capuz invisível a cobrisse e fosse sendo retirado vagarosamente. Era fulva. Agora via todo seu focinho, fino, comprido e mostrando ferocidade, mesmo no transporte de sua mórbida alegria. Tinha dentes alvíssimos, pontiagudos, e suas presas, de tão compridas, ultrapassavam as suas maxilas e eram como quatro punhais de marfim, cruzando-se par a par. Às vezes abria a bocarra, soltava breves ganidos e ao fechar as mandíbulas, fazia-o violentamente, estalando os dentes, como os porcos as queixadas quando se enfurecem. Seus olhos amarelentos, biliosos, são ferozes. Mas não fitam Filogônio. Olham antes para o fundo do quarto e toda aquela agitação, percebia, não se dirigia para ele, Filogônio. Serapião firmou os olhos no fundo quarto e viu, saindo como um vulto do seio da bruma, uma figura magra, feíssima, de rosto magérrimo, tão magro que era verdadeira caveira, disfarçada apenas pelo pergaminho de uma pele amarelada e doentia. Horrível manta preta a vestia do alto da cabeça aos pés. Ela estava sentada, as mãos protegidas pela manta e fitava Serapião. Era um olhar fixo, escuro, pretíssimo, um olhar que vencera o medo e o tempo, olhar implacável de ódio eterno, que se efetivara há milhares de milênios em gesto de destruição e gesto tão autômato que se achava despido de todo remorso e do mínimo laivo de misericórdia.

Ele via o "duo", a dupla inseparável e com ele sabia que formava uma trindade maldita. Era uma caçada, uma caçada humana. Lá estava o perdigueiro, lá estava a mulher caçadora, lá estava a caça, a perdiz, e a perdiz era ele. Compreendeu então, nitidamente, que o cão achara a perdiz tão fraca, tão sem força para o vôo, para a fuga, que não se dava ao trabalho de "amarrar", termo que em cinegética significa a espreita imóvel do cão, à espera da ordem do caçador para pular sobre a caça, pulo que facultará o tiro em mira vantajosa. E os ganidos do cão e o agitar de sua cauda queriam dizer à sua dona tétrica: "Esse bicho pega-se à mão... Para que gastar com ele uma carga de chumbo?

Se quiseres vou lhe ferrar as minhas presas e levá-lo até aí, onde tu estás..."

A mulher caçadora, porém, a mulher que se chamava Morte, nada dizia e apenas olhava... Não dava atenção ao seu cachorro. Olhava fixamente para Serapião e parecia que arquitetava planos originais, dos quais ele seria objeto de suas maquinações.

Serapião continuava imóvel, deitado com a cabeça sobre as mãos encruzadas e olhava-os também sem pestanejar, mudando apenas os olhos, ora do cão à morte, ora da morte ao cão. Apesar de estar nu, não sentia nenhum pudor e era como se toda a vida nunca se houvera vestido e nunca houvera velado as suas vergonhas. Sentia-se também como se fosse um panorama ou um filme cinematográfico, de que se abarcava todo o seu enredo num vagaroso olhar. E nesse filme, que era complexo, havia comédia e drama, mais drama do que comédia e passava-se imperceptivelmente da comédia para o drama e do drama para a comédia, com toda a naturalidade, sem sobressaltos e se houvesse ali um espectador de sentimentos isentos de intenções, talvez passasse a rir com as comédias antes mesmo que as lágrimas provocadas pelos dramas houvessem secado.

Sua atitude, para quem o visse, era de desassombro. Mas um grande medo enregelava suas carnes. Ele sabia que chegara a prestação de suas contas e sua escrituração errada, cheia de sonegações ao Supremo Patrão, o desvio do seu tempo, que deveria ter sido dedicado a Ele e, no entanto, foi dedicado ao prazer, aos amores sem sinceridade, à volúpia sem maiores responsabilidades, ao egoísmo, à male-

O QUASE FIM DE SERAPIÃO FILOGÔNIO

dicência, à crueldade, lhe daria, talvez, um castigo horripilante e sempiterno.

Aquela mulher era o mateiro do latifúndio de Deus e Deus a mandara para suprimir de seus bosques aquela caça inútil, que era ele. Ele fora um bicho posto por Deus em seus campos. Mas "o que fizera?" – Sim, o que fizera? – Involuntariamente pronunciou essas palavras em voz alta. Então a mulher se levantou. Suas mãos longuíssimas e esqueléticas consertaram a manta sobre a sua cabeça e seus ombros. Chamou o cão com um estralejar dos dedos. Ele caminhou humilde em sua direção e ao sentar-se ao seu lado, Serapião já o via de corpo inteiro.

Então ela lhe disse:

– Que fizeste? Tu mesmo o verás...

E nessa hora, Serapião teve a intuição de que a tela que se amoldava e que era mesmo parte do seu corpo, se desprendia dele e se projetava para frente. De fato, na frente apareceu um filme. Num pequeno espaço um filme se desenrolava. E o personagem principal, o ator e também o autor daquele filme, teve logo a certeza, era ele. No lado direito da tela, havia uma cova de onde saíam rubras e violentas chamas. Do lado esquerdo uma outra cova, onde se misturavam lágrimas e sangue em ebulição. O filme refletia, como transposição telepática, toda a corrente de pensamentos da sua vida pecaminosa. Era como se a sua vida pregressa, no que ela tinha de condenável, fosse o filme e os pensamentos que a iam revelando fossem a cena presente.

Viu tudo assim nitidamente. Todo o seu passado egoísta

e pecaminoso era rememorado em jatos mágicos, como caleidoscópio horripilante.

Pela tela passaram todos os seus pecados, numa teoria nefanda de abantesmas, coxos, caolhos, pançudos, esqueléticos, envergonhados, sórdidos, despudorados, frenéticos, abúlicos, atrevidos e covardes, delirantes de risos ou sacudidos de prantos... uma teoria de abantesmas, cada qual mais triste, cada qual mais torpe...

E eles se dividiam em grupos que se chamavam: sensualidade, orgulho, egoísmo, maledicência, juízos temerários, comodismo, preguiça, crueldade, ingratidão e outros e outros e outros...

– Mas esse poço de sangue – perguntou Serapião –, esse poço de sangue e lágrimas, o que significa?

A mulher nada respondeu, mas ele viu adensar-se da tela ao poço, como grande veia, até aquele momento imperceptível, apesar de presente, como sanguessuga monstruosa, um tubo comprido. E esse tubo recolhia por osmose e levava ao poço, tanto as poças de sangue quanto as poças de lágrimas.

As lágrimas foram as que ele fez derramar em pessoas com quem convivera. O sangue foi o que ele fez derramar de outras vidas...

– Mas se eu nunca derramei sangue humano?... – perguntou.

Mas entendeu nesse momento, que era sangue dos animais que abatera por diversão cinegética, pequenos animais de bosque, belas pombas em pleno vôo, que derrubava sorrindo... Do cão, o belo e grande cão, que procurava amores com a sua cadela, que ele matara por puro comodismo, porque perturbava, em turras, com o seu próprio cão, a paz de seu sono. Das aves e animais de caça, abatidos de revólver, para embasbacar os parvos com a sua pontaria implacável... Também o sangue de cavalos, de touros, de cerdos, que mutilara a sangue frio, para torná-los eunucos e velar o harém de suas gulodices e de seus interesses financeiros.

E ele percebia, nitidamente, que suprimira e mutilara seres tão sagrados quanto ele mesmo e aos quais o sopro divino da vida devera torná-los intocáveis.

Mas certificou-se, de repente, que corria também para aquele poço sangue humano.

– Não – exclamou horrorizado e ofegante levando as mãos aos olhos – não, desse sangue estou inocente, inocente, inocente...

Conheceu então que aquele sangue humano era o sangue de suas intenções homicidas. E ele se via na tela, de armas à cinta, armas que pusera, em certas épocas, com o intuito de velar, se preciso fosse, a sua segurança e o seu falso conceito de brio, a custo da vida de seu semelhante. E o sangue que de fato não derramara, para o juízo justíssimo de Deus, era como se o houvesse derramado e por isso ele corria, corria, corria rubro e cintilante. E ele via apenas os seus erros e a visão acusadora era de absoluta implacabilidade...

Lembrou-se então do que sofrera e supôs amenizar as suas culpas com o testemunho dos seus sofrimentos.

Perguntou por isso:

– Mas o que sofri?... E as injustiças que sofri e as ingratidões que recebi e as maledicências e calúnias que me lançaram e as palavras duras que bateram em meus ouvidos como flagelos nos flancos dos torturados e os amores que tive que curtir no silêncio e na desolação, sem correspondência e as traições de amigos a quem dera toda a minha generosidade e sacrifício e as dores morais e as dores físicas em conseqüência de acidentes graves e as enfermidades que passaram sobre o meu corpo como os incêndios nos bosques, nada valem, nada contam, nada desculpam, nada resgatam?

A morte não lhe respondeu, mas viu projetar-se na tela a palavra COVARDIA, em letras flamínias.

E o poço de fogo continuava crepitando em línguas cada vez mais altas e mais vivas.

Levou então as mãos aos olhos. Lágrimas correram. Gemeu torturado:

– Oh Deus perdão! Tu me criaste imperfeito, cheio de lascívia e ímpetos medonhos, por que agora foges de minha presença, como o Pai desumano e mesquinho, riquíssimo, que abandona o seu filho na angústia da miséria? Por que me criaste então, meu Pai, se sabias que meu sangue era impetuoso e eu fazendo o mal, semeando o mal entre os homens e sobre a terra, era ao mesmo tempo impotente para produzir o bem? Por que me criaste, se o meu próprio sofrimento não o deixaste pôr na coluna do meu Haver, mas o mandaste por, juntamente com os meus crimes e pecados, na coluna do meu Dever? Por que fizeste as mulheres tão belas e me deste olhos e sentimentos tão sensíveis à sua beleza? Por que puseste a música no mundo, que desperta os meus sentidos pagãos e faz de mim um boêmio, que se embebeda, ao mesmo tempo, do vinho que fizeste brotar da uva e do vinho que fizeste brotar das tubas e das cordas? Por que fizeste de mim o Rei da Criação e me deste engenhosidade para manejar armas que, com o objetivo de defender a vida pessoal, suprimem outras vidas e inteligência para tornear conceitos sutis e fisionomia e voz que podem vestir todas as máscaras da hipocrisia: a máscara da amabilidade por interesse, a amorosa por concupiscência, a da beleza por artificialismo, a da lisonja por reciprocidade, a caritativa por impressionismo, a lacrimosa e a irada por falsos conceitos e me deste a habilidade de genial presdigitador para pô-las e tirá-las, naturalmente, ao correr das circunstâncias, em passes imperscrutáveis aos interlocutores? Oh Deus, por que me criaste e puseste à minha frente o homem supostamente virtuoso, mas cujas infâmias escondiam-se em suas próprias sombras? E à minha frente puseste também a amizade, mas, atrás dela, o interesse recitava, em voz inaudível, o verso de suas ambições? Oh Deus, por que me deste esse amor apaixonado, egoísta, inquietador, da minha prole, e não me deste a força de transmitir-lhe beleza total, poder absoluto, gênio incomparável, imortalidade fecunda? Por que facultaste a invenção do dinheiro e puseste o dinheiro nas mãos da avareza, como prêmio escuro de uma mocidade estreita, desamorosa, vazia? Mas se não entendo a Tua justiça e sou a ela sujeito, que me salve então a Tua clemência. Perdão, meu Pai, perdão... Livra-me do fogo eterno, onde estarei separado para sempre da Tua presença, Pai!... Perdoa, pois que meu pecado, quase sempre, foi uma conseqüência do sentimento da beleza, que puseste em mim, quando, no ventre de minha mãe, inocente e imaturo, mas ligado substancialmente às forças cósmicas, distingui, por certo, a Tua deslumbrante Face. Perdão, pois meu pecado foi quase sempre, uma conseqüência do *élan* vital no qual embebeste o meu corpo, para que eu degustasse as delícias dos sentidos...

Perdão, meu Pai, perdão, perdão...

Deus atendeu aos seus rogos. A mulher e o cão desapareceram. Também a visão aterrorizante da sua vida. Escutava agora apenas a voz de um anjo, do seu anjo, provavelmente, que o chamava insistente:

– Amigo, amigo, acorda amigo...

De fato acordou. Era o dono do bar que o sacudia de leve pelos ombros. Achava-se alagado de suor e o rosto banhava-se ainda de lágrimas.

Disse-lhe o homem:

– O senhor começou a soluçar e a dizer perdão, perdão, perdão, e palavras confusas. Pulei então o tabique, achando que o senhor passava mal. Foi um pesadelo, com certeza...

– Obrigado – respondeu –, obrigado... Foi de fato um pesadelo...

– O senhor precisa se alimentar. Vou mandar fazer-lhe uma sopa, um alimento leve. Breve estará pronta.

– Obrigado... Muito obrigado...

Sobre o seu corpo achava-se um lençol que o anjo estendera para cobrir a sua nudez.

O homem retirou-se então.

Filogônio sentia-se agora indiferente a tudo, totalmente entregue à sua fraqueza e ao seu desânimo. Conseguiu,

O QUASE FIM DE SERAPIÃO FILOGÔNIO

porém, fazendo um esforço meritório, levantar-se e vestir a calça e a camisa. Tornou a deitar-se. A fraqueza era soberana. Passado algum tempo, a porta rangeu nas dobradiças. A cozinheira vinha com um prato de sopa fumegante. Sorriu e disse-lhe:

– O patrão recomendou-me para lhe dar a sopa, pois o bar está cheio de freguês...

Serapião, porém, continuava deitado. A volição fora-se na companhia de suas forças trânsfugas. Olhava apenas a mulher, silenciosamente. Ela tornou a sorrir. Depôs o prato de sopa sobre a cadeira. Achegou-se para Serapião e disse-lhe, segurando-o por baixo dos braços:

– Vamos, uma forcinha, sente-se recostado na cama.

Forçou-o um pouco. Ele assim, com essa ajuda, sentou-se. Seus braços, porém, continuavam inertes.

Ela pegou o prato de sopa, sentou-se na borda da cama, encheu a colher no caldo suculento, soprou um pouco para arrefecer a temperatura e levou-a aos lábios de Serapião, que sorveu lentamente o líquido nutritivo. Observava-a pasmado. Ela sorria-lhe agora com simpatia. Depois, deu-lhe outra colherada do caldo e outra e outra. Serapião acabou por beber toda a sopa.

Uma sensação deliciosa invadia o seu ser. A vida insuflava-se tépida, macia, sensual, pelos seus membros. Seu olhar se transmudava também, pois o dominava o fluido lascivo que emanava daquela mulher, daquela esplêndida mulata de carnes firmes, boca carnuda e dentes de marfim.

Lembrava-se agora do episódio desenrolado antes. Mas

já não sentia revolta, mas apenas despeito e a comprovação de que seu hospedeiro era um anjo de apurado bom gosto.

Sua ajudante, acabada a sopa, continuava sentada, olhando-o e rindo um risinho manso, curioso, perscrutador, dúbio... Perguntou-lhe:

– Então, sente-se melhor?

– Nem se pergunta – respondeu.

Ajeitou-lhe o travesseiro atrás das costas, numa solicitude demorada. Depois disse-lhe:

– Até amanhã. Amanhã eu lhe trago o café.

E foi-se num passo felino, ondulando os quadris.

Acompanhou-a com o olhar, pensando: "Que fêmea magnífica! Ah anjo de sorte..."

Mais tarde voltou o seu hospedeiro. Comprovou que ele estava bem. Trouxe-lhe um copo de leite morno. Bebeu-o regalada e descansadamente. Disse-lhe:

– Hoje o senhor ficará aí. Vou lhe trazer um pijama, pois sua roupa está úmida.

Trouxe-o de fato e uma coberta a mais, para o caso da noite esfriar. Levou sua roupa e seus sapatos para secá-los.

Serapião vestiu o pijama, orou, deitou-se, dormiu como um justo. O sono é na verdade o paraíso esporádico dos párias.

Acordou refeito, descansado. Levantou-se, abriu a janela. A manhã era linda, pois o tempo melhorara e o sol como colegial em dia de feriado, mostrava a todo mundo uma cara feliz e gaiata.

O botequineiro já estava em atividade. Percebendo que Serapião andava pelo quarto, foi levar-lhe sua roupa e seus sapatos. Estavam secos. Ele os secara próximo ao forno durante a noite. Deu-lhe os parabéns. Disse-lhe, gracejando:

– Agora sim, o senhor é outro homem. Seu mal era fome. Venha tomar café.

Foi, ainda que um pouco vexado e algo humilhado. Tomou café, comeu pão com manteiga, comeu queijo. A necessidade quebra-nos o orgulho, como o leão quebra o pescoço da girafa. Quando acabou, disse ao homem:

– Meu bondoso amigo: só amanhã poderei pagar toda essa maçada e toda essa despesa que lhe dei.

– Não me fale em pagamento. Olhe, fui com a sua cara. Venha almoçar comigo e se quiser, o quarto está vazio, poderá dormir nele de novo.

Serapião agradeceu, explicou que esperava receber um dinheiro pelo banco no dia seguinte etc.

O anjo fez-lhe, porém, prometer que viria almoçar com ele.

Serapião saiu então para a rua. Era domingo. Foi à missa. Depois deu umas voltas pela cidade. Foi ao hotel. Seu quarto achava-se ocupado por outro hóspede. Perguntou na portaria, a dois funcionários, porque haviam dado o seu quarto a outrem. Alegaram que ele não voltara e passara todo o dia ausente, que supuseram que ele já se tivesse ido. Guardaram, porém, a bobina, como penhor de sua dívida. Perguntou-lhes irritado:

– Mas se eu tivesse voltado durante a noite, teria que dormir na rua, não é?

Nada responderam. Percebeu, logo, que não era *persona grata*: estava barbudo, sem bagagem, apenas com uma bobina que bem poderia ser produto de roubo.

O raciocínio deles era esse, por certo. Também deviam ter percebido que ele não fizera refeições no restaurante do hotel, sinal certo de falta de dinheiro. Via-se bem que desejavam livrar-se de um tipo suspeito.

Serapião sentiu-se confuso e tremendamente humilhado. Não sabia que atitude tomar. Partir para a agressão física? E se viesse a polícia? Algum dos conhecidos antigos poderia tomar conhecimento do fato. Mas alguma coisa, em revide, deveria dizer. Disse-lhes, pois:

– A bobina garante bem os pernoites nessa espelunca... Amanhã virei saldar o meu débito. A bobina, se quiserem, pode ficar como esmola...

Supôs que fossem responder com ofensas. Mas eles se fecharam em seu obstinado rigor administrativo e nada responderam.

Na portaria, havia um sujeitinho antipático que esboçou um risinho significativo. Era como dissesse: "O malandro é mestre no ofício, hein?... Como sabe fingir uma indignação moral..."

Serapião fingiu não perceber o risinho que era, incontestavelmente, uma outra ofensa. Saiu de lá sentindo-se o último dos homens... Atravessando a ponte enorme, via lá embaixo o rio, cheio, barrento, sinistro. "Se eu pular daqui acabarei com essa vida miserável e indigna", pensou. Debruçou-se na murada da ponte. A água estava fulva e formava em alguns pontos, encrespamentos isolados e Serapião os comparou à crina do leão revolvida pelo vento. Lá longe, porém, o remanso era tão plácido, que lhe pareceu uma terrina ciclópica, pejada de doce de leite, o doce de que ele mais gostava.

Nas duas margens, casas pequenas, caiadas de branco, achegavam-se para o rio, sobre estacas de madeira ou de concreto, toucadas de telhas vermelhas e Serapião comparou-as a um ajuntamento de meninas colegiais, preparadas para um desfile.

E o sol, o poderoso sol que ninguém despeja e que é imune a ofensas, polvilhava isso tudo com o seu indestrutível poder. Isso tudo e também a sua raiva. Rilhando os dentes, não viu alternativa a não ser voltar ao bar do homem bom.

Logo que chegou o anjo exclamou:

– O senhor está com cara de poucos amigos...

Serapião contou-lhe o sucedido. Ele se indignou ao extremo. Chamou os hoteleiros de miseráveis, sovinas e de todos os nomes ofensivos existentes nos dicionários pornográficos. Por fim abriu uma gaveta, apanhou dinheiro e disse:

– O senhor fique aqui no meu lugar que eu vou lá pagar sua conta e dizer umas verdade àqueles filhos da...

Filogônio não teve tempo nem desejo de impedir-lhe o gesto. Num segundo ele já se ia e como houvesse gente no bar, Serapião ficou aguardando a sua volta.

Logo que ele se retirou, veio lá de dentro a cozinheira. Tinha os olhos fingidamente arregalados, num espanto de medo e enxugava as mãos no avental amarrado em torno da cintura. Perguntou, fazendo-se assombrada:

– O que que houve hein?

Serapião notou, a despeito de toda a sua confusão, que o que ela queria era conversa... Respondeu-lhe mal humorado:

– Nada de importância. O melhor é você voltar para a cozinha.

Ela então respondeu-lhe, fingindo-se amuada:

– Credo! Que modos...

E afastou-se para o seu lugar, no seu meneio diabólico.

Serapião pediu ao freguês que esperasse um pouco. O dono do negócio não demoraria.

De fato, depois de algum tempo, ele regressou. Trazia a bobina e um ar vitorioso. Garantiu a Serapião que ele se achava bem vingado, pois lhes dissera poucas e boas. Serapião pensava: "Mas que homem original! É tão trouxa com os seus rasgos de humanidade quanto eu tenho sido até aqui. Se continuar assim, não dura muito e estará complicado com alguma bobina..."

Daí a pouco veio lá de dentro uma senhora muito risonha e amável. O hospedeiro apresentou-lhe. Era a sua esposa: uma mulher baixinha e magrinha, muito clara, com um risinho tímido e inextinguível. Perto da cozinheira, poder-se-ia compará-la a uma ratinha branca, ombreando-se com magnífica gata angorá, de pelo plúmbeo e sedoso.

Seu amigo hospedeiro era um homem vigoroso e alto. Filogônio ficou imaginado a comicidade daquele conúbio estéril, pois não tinham filhos. Nada tão desarmônico. Harmonioso era antes o outro caso. O caso adulterino...

Ele se sentia um pouco confuso com toda aquela bondade, toda aquela generosidade para com um estranho. Nem ao menos haviam perguntado seu nome. Não sabia também o nome dele, nem o de sua esposa nem mesmo o da cozinheira. No entanto, eles estavam em seus ofícios, em seus haveres, em sua casa. E ele?: um desconhecido, barbudo, sem bagagem, despejado sumária e humilhantemente de um hotel de quinta categoria. Achou que chegara o momento de identificar-se. Disse:

– Quero agradecer-lhe de todo coração essa sua enorme bondade. Chamo-me Serapião Filogônio. Moro em Pavanópolis. Sou um homem falido recentemente. Tenho mulher e cinco filhos, muitas dívidas a pagar e algumas poucas a receber. Vim aqui a procura de um emprego. No entanto, as estradas estragadas pelas chuvas torrenciais e finalmente a falta de dinheiro impediram-me de regressar logo. Estou aguardando um dinheiro que deverá chegar amanhã pelo banco. Ele respondeu-lhe:

– Chamo-me José Pulcrino Soares... disponha de um amigo às suas ordens.

Serapião pensava: "Pulcrino, hein?..."

Depois disse:

– Seu José, teria prazer de lhe dar uma ajuda no seu ofício – e repetiu a arengazinha:

– O trabalho dignifica sempre ao homem, no entanto, esse meu aspecto hirsuto talvez espante a freguesia.

– Não seja por isso. Se bem que não requeira seu serviço, terei prazer que me ajude, se quiser se distrair um pouco. Domingo, o movimento do bar, principalmente à tarde e à noite, é grande. Muitas pessoas preferem, à guisa de jantar, vir para minha casa, tomar aperitivos e comer salgados. Gostam do tempero da cozinheira. Tenho aí navalha e tudo mais. O senhor poderá se barbear.

Serapião barbeou-se de fato e tomou também um banho.

Depois almoçou com seu José e a esposa. Que bóia inesquecível! A diaba da cozinheira era de fato irresistível em tudo.

Pela tarde as mesinhas estavam repletas de fregueses. Pediam pernil assado, pastéis, empadas. Bebiam cerveja, vinho, cachaça etc. Tagarelavam e riam estrondosamente. O conceito do tempero da cozinheira que, Serapião soube depois, chamava-se Universina, era tão grande que se propagara pela cidade.

Serapião estava em plena atividade. Abria cervejas espumantes, servia aperitivos cristalinos, nacarados, rubicundos. Trazia pilhas de empadas, pastéis, sanduíches, carnes em fatias etc.

Seu José dizia-lhe:

– Não faça cerimônia, sirva-se, a casa é sua.

Mas ele estava farto. Já comera bastante e havia até bebido alguma coisa. Se tivesse a profissão de garçom, pensava, talvez não tivesse falido. Universina sempre que ele se dirigia à cozinha para buscar salgados, recebia-o com um sorriso aliciante. Chegou mesmo a dizer-lhe, em seu vocabulário primitivo, que ele imprimira um ritmo novo, dinâmico ao movimento e até o seu tempero saíra melhor.

Mas Serapião já eufórico pelo álcool que ingerira e pelo irresistível magnetismo talâmico de Universina já lhe dirigia olhares cheios de cumplicidade e pensava, num pensamento misturado de remorso, que podia bem chegar a hora de terminar o seu serviço e também o dela.

Lá às tantas, seu José desentendeu-se com um freguês mal educado, que se embebedara e dizia palavras obscenas. Mas o homem tinha tanto de bondoso quanto de resoluto.

Pegou o tipo pela gola do paletó e sacudiu-o fora, sumariamente, dizendo que se raspasse, pois do contrário iria provar do peso do seu braço... "Seu estabelecimento era uma casa de respeito e de ilibada moral..."

Serapião reprimiu um sorriso: "Ilibada, hein?"

A esposa do seu José achava-se lá para os fundos da casa. Serapião supunha que, nos outros domingos, na falta de outra pessoa, fosse ela quem ajudasse o marido no serviço extraordinário. Dessa vez, porém, ela não aparecia e Serapião ficava, pobre presa indefesa, à mercê dos rosnados e das intenções maciamente agressivas daquela fera ondulante que se chamava Universina.

A noite baixara sobre o bar um manto espesso e penumbroso. Os fregueses eram agora em número reduzido e demonstravam fastio, bocejavam com olhos injetados pelas bebidas e excessos culinários.

Serapião estava recostado ao balcão e pensava na abjeção do homem glutão, que come, come e come, e depois põe-se bestial, flácido e triste, cheio de gases e matérias putrescíveis, como um chouriço fermentado, venenoso.

"O homem é, concluía, um cevado, que tem a degradá-lo, além da gula e das ingestões forçadas, o seu sexo, que infla sob a fartura como uma bexiga de boi soprada por um menino. Ao menos o cevado no chiqueiro é eunuco e sua ignomínia ventral não se mistura às exigências dos órgãos pendentes. Sentia que seus pensamentos eram também conseqüência da revolta que o impulsionava contra Universina, que o dominava completamente e o fazia escravo de suas intenções promíscuas, comprovadas agora, além dos olhares demorados, intencionais, por pequenos gestos de apelo amoroso e até mesmo por provocantes roçados de seu corpo no dele, fingidamente acidentais, por algum motivo que o levasse à cozinha.

O patrão de nada suspeitava. Universina era mestra insuperável na arte da traição, na arte de harmonizar os homens que desejasse...

Uma vitrola, que não cessara de esgoelar as suas harmonias populares, enrouquecera pelo excesso de atrito. Agora, esbravejava um velho samba e Serapião, escutando-o, supunha que fora feito para ele. Sentia-se ao mesmo tempo triste e desesperado, porém, achava-se imobilizado pelo revólver de um bandido que era a sua luxúria, despertada e espicaçada por Universina. O samba dizia:

Ai, ai, ai meu Deus...
Tenha pena de mim
Todos vivem muito bem
Só eu que vivo assim...

Sentia ímpetos de agarrar Universina, mordê-la no cangote, no pescoço, nos braços roliços, esmagar aqueles lábios polpudos de encontro aos seus, deixar suas mãos, como poldras indômitas, subir e descer aos galopes pelos cômoros firmes de seus flancos e seios, chamar-lhe nomes obscenos, vingar-se em fim de seu domínio indiscutível sobre sua fraqueza e depois possuí-la, deixá-la inerte, alquebrada, caída para algum canto, reconhecida, enfim, de que entre os dois, o mais forte era ele... O macho.

Mas não, entre os três, concluiu, o mais forte era o patrão. Ele era o amante, o dono, o chefe, o hospedeiro. E ele e ela, hipocritamente, evitavam que ele descobrisse sua cumplicidade nesse contato tácito dos olhos e dos gestos. Por um momento sentiu-o como seu rival. Um ódio absurdo, injusto, ingrato, cresceu no seu peito. As facas de cortar carne brilhavam encruzadas sobre um guardanapo no balcão. Excitou-se à idéia de disputar aquela fêmea com o homem que já a possuía, num duelo sangrento, onde as facas tilintassem e o sangue borbulhasse, rubro, dos golpes recebidos. E depois, saindo vitorioso, enquanto o patrão estrebuchasse nas vascas da agonia, ele fugiria com aquela mulher e sem mesmo ligar para as suas feridas, iria amá-la sob a noite estrelada, no meio do campo ermo, como fazem os bichos que disputam uma fêmea.

Entrou um homem moreno, de aspecto viril, no bar. Cumprimentou seu José. Perguntou se Universina já podia sair. Seu José disse-lhe que sim. Ele foi à cozinha e daí a pouco vieram juntos. Passando perto de Serapião, ela parou e disse:

– Quero lhe apresentar o meu marido.

– Muito prazer...

Universina ria um risinho maldoso, como se dissesse: "Fica para outra vez, hoje não pode ser".

Saíram... Que mulher terrível, pensava Filogônio: tem o marido, tem o patrão e ainda quer o garçom. É com um tipo desses que se erige um império, sobre os alicerces do matriarcado. A natureza deu-lhe o encanto de uma Vênus morena e o coração de uma víbora. "Vai, diaba, e me deixa em paz." E de fato ela se ia, balançando os quadris, na cadência de um soneto.

A voz de seu José chamou-o à realidade:

– O senhor deve estar com sono. É bom que vá descansar.

– Mas, há ainda gente no bar.

– Nada... Agora eu dou conta. Fecharei a porta dentro de pouco tempo.

Serapião agradeceu-lhe e procurou o seu quarto. Tirou apenas os sapatos. Deitou-se ainda de roupa e ficou pensando em Universina e nos amores sinceros ou promíscuos com que a vida nos encena. E nós que provamos de um gesto, de um riso, de uma visão lasciva, continuamos tensos e insatisfeitos, recalcados, deprimidos pela frustração do desejo animal. Afinal de contas, tudo gravita e tudo quer se dar, se entregar numa ânsia de entrega total e o mais que consegue é olhar-se, esbarrar-se, às vezes, fremir um momento, dois pólos que se provam, que cintilam num clarão de estrela, para depois continuarem sozinhos, desamparados, desvalidos, gravitando, enquanto não chega a decomposição final.

E ele se sentia sozinho, perdido num mundo enorme e sem esperança, e seu pensamento dilatava sua solidão para o infinito. Lembrou-se de sua esposa, de seus filhinhos e o pai, o esposo, o chefe, rolando por esse mundo de Deus, tocaiado pelos desejos impuros, atingido mortalmente pela necessidade torpe do dinheiro sujo. Orou desamparado:

– Oh! Deus, meu Pai, tira-me daqui, dá-me meu lar, minha esposa, meus filhinhos. Dá-me a pureza da infância que perdi e a Fé da minha adolescência mística. Salva-me Senhor Jesus, guia teu servo que se cegou pelo pecado...

Afinal tudo se aquietou. Agora o bar estava silencioso. Então ele se levantou, apanhou um papel e escreveu um bilhete nesses termos:

"Meu caro senhor José: deixarei a crédito de seu nome, no Banco, o dinheiro para o pagamento da despesa do hotel, despesa que o senhor generosamente quitou por mim, reabilitando, assim, gratuitamente o meu conceito. Deixo essa bobina em seu poder, pedindo-lhe que a venda pelo preço que achar. Com o dinheiro disso resultante, solicito-lhe adquirir para sua digna esposa uma pequena lembrança em meu nome.

"Aceite, juntamente com a sua esposa, os protestos de amizade, gratidão e admiração desse seu amigo sincero: Serapião Filogônio".

Prendeu o bilhete sob a bobina e deixou-o em cima do balcão. Voltou para o leito. Muito antes que a madrugada começasse a raiar levantou-se, foi ao bar, encheu meio copo de uma bebida forte e serviu-se. Depois escreveu por baixo do bilhete um *P.S.*:

"Tomei a liberdade, confiado em sua franquia, de tomar meio copo de seu aperitivo.

S. F."

Abriu a porta que dava para rua, fechou-a por fora, empurrou a chave pela fresta inferior para dentro do bar e retirou-se dali.

Fugia de si mesmo, de Universina, da ingratidão que fincando os pés sobre ele ameaçava lançar-se sobre o seu protetor, da infidelidade à sua esposa, de tudo, de tudo... Fugia... Fugiu e vagueou pelas ruas encharcadas de poças noturnas e gatos e cães melancólicos que miavam e latiam, tentando afugentar seus fantasmas inelutáveis de fome e de sexo. Perambulando, guiou-se por alguma cousa. Alguma cousa guiava-o ou tangia-o. O homem está sempre guiado ou tangido. Onde está o indivíduo livre e feliz? Tange-o o patrão, o governo, a miséria, o pecado, o ideal de pureza, a idiotice ou a genialidade. Tange-o a perfeição ou a tara. Um monge estigmatizado, nos êxtases sobrenaturais do seu misticismo, é tangido pela mesma força, apenas em sentido contrário, pela mesma força que tange o sádico que espanca e tenta violar uma menina. A diferença está apenas em que o monge se inebria da diafanidade divina e o tarado banqueteia-se de fezes na cloaca de sua alma.

Alguma coisa tangia Serapião. Tangia-o a música. Os sons da concertina e do pandeiro batiam nas pautas das trevas que os devolviam às estrelas que pisca-piscavam como tentando ver na terra o poço de som daquelas harmonias.

Desceu uma viela... Lá embaixo o rio negro e lúgubre, como mastodonte ressonante, entremostrava seu lombo sobre o qual corriam tremores epiléticos. E a viela desembocava no rio, enorme jibóia bocejando sobre a face mórbida da corrente. Uma lanterna azul siderava a luz amarelada das lâmpadas. Na calçada, um pequeno ajuntamento de notívagos, boêmios e prostitutas, sobrando de uma porta como sobram as lavras de uma ferida excessivamente peja de vermes. Na porta um letreiro em letras grandes: "CABANA BOÊMIA".

Entrou. Um balcão rústico, na sala de entrada, vendia bebidas. Do lado esquerdo, entrevia-se, através de uma porta protegida por uma cancela, uma cozinha em plena atividade. No cômodo interior, o baile se afirmava na área delimitada pelas mesas e cadeiras, onde se aboletavam homens e mulheres.

A música popular era magnífica. Dois músicos apenas, mas que músicos! Um preto na concertina. Um mulato no pandeiro. O mulato era gordo, enorme, um pouco calvo e um pouco velho, rosto largo e luzidio. E o pandeiro em sua mão parecia menor que de fato era e como um condenado aterrorizado diante de um suplício horrível, que pensasse salvar-se falando ininterruptamente, bajulando seus algozes, servindo-lhes de jogral e entoando versos de feitura cômica, como um condenado que julgasse salvar-se pela sua verve, sua subserviência e seu espírito, repicava em todas as gamas e em todas as necessárias cadências, numa cascata dinâmica que fazia Serapião mexer instintivamente os pés na sugestão do ritmo.

O preto ainda novo, balançando o torso flexível, já vidrado pela cachaça, sem atentar, sem ao menos olhar para o seu instrumento, não destoava uma nota, não quebrava o fluxo de um ritmo e os sons casavam-se aos sons de um modo irresistível e emocionante, que arrastava os ouvintes para as regiões da compreensão que satisfaz plenamente, da compreensão que prescinde da lógica e do raciocínio, pois que encerra em suas emoções toda lógica e todo raciocínio.

Parecia também que os dois instrumentos, dois bichos falantes, escravos de seus donos, tramavam um diálogo que entretinha a todos. Mas, o diálogo já se prolongava há muito e os dois homens acabaram, por fim, por se tornarem um pouco alheados, consentindo, no entanto, que seus bichos continuassem na tagarelice infindável. Um desafio, uma écogla sonora e o pandeiro maroto fazia sempre o refrão malicioso e vivo. E os sons do pandeiro pareciam também as palavras de um pequeno gaiato que se escondesse debaixo do pano do palco e viesse sempre mostrar a sua cara risonha e dar o seu aparte oportuno, imprescindível, ritmado e dinâmico à ária de uma diva popular.

Serapião estava domado pela música, pelo ritmo. Não resistiu mais tempo. De pé, junto ao umbral da porta, viu quando se aproximava uma mulher morena, nova, de passo ágil e tornozelos finos. Pegou-a pela mão. A bebida que tomara no bar, espantara sua timidez. – Vamos dançar... – intimou-a, falando calma e descaradamente. Ela sofreou um pequeno susto. Olhou-o um segundo desconfiadamente, estudando-o. Depois disse devagar e como se meditasse: – Vamos...

Enlaçou-a. A bebida, a música, a mulher remoçavamno. Recuou para a quadra dos seus vinte anos. Ele tinha colada ao seu corpo uma ave humana, mas seus pés era como se não existissem e ela tivesse apenas asas, odor agradável de perfume barato e carne moça, firme, desvairada, venal.

Serapião sentia-se um pouco tonto, absurdo, entregue totalmente ao espírito musical de um povo, que criou o samba e descobriu a ginga. Cerrou os olhos levemente. A música penetrava pelos seus ouvidos como verrumas sonoras e escapava pelos seus pés como uma força bem medida.

Serapião não tinha domínio sobre os seus pés. Eles faziam apenas o que a música, soberana da noite e do *basfond* quisesse e a mulher o acompanhava, serva da sua força e da sua senha coreográfica, submissa e simétrica, decifrando ela também, com a precisão do instinto feminino, o código imortal do samba.

Na sala havia outros pares. Mas Serapião via apenas vultos que perpassavam, brancos, pretos, morenos, marionetes todos de um mesmo cordel invisível e inquebrantável.

A música cessou, o cordel rompeu-se, o encantamento se deliu. A mulher olhou um pouco tímida e seus pensamentos obscuros deveriam dizer: "de onde vens, desconhecido, homem maduro, insensato, que me empolgas e fazes do meu corpo, colado ao teu, um ser xifópago, agitado pela translação esquizofrênica, autômata, frenética, irrecorrível de um samba?"

Mas, Serapião que decifrara seu pensamento, disse-lhe apenas:

– Obrigado...

Foi saindo. Na passagem um homem o chamou, levantado o seu copo de cerveja:

– Venha para cá, compadre...

Serapião não o conhecia, apesar desse tratamento íntimo. Teria cinqüenta anos? O cabelo encanecido, mas a fisionomia moça, resoluta, deixava Serapião incerto quanto ao marco daquela existência na estrada universal.

Filogônio atendeu ao chamado. Aproximou-se.

– Sente-se aí e tome uma cerveja conosco. Você é dos meus... Gostei de suas rodadas.

Na mesa do homem havia três pessoas, dois homens e uma mulher.

– De onde é?

– Sou de Pavanópolis – respondeu – e me chamo Serapião Fiologônio.

Ele conhecia gente de lá. Perguntou por eles. Conversaram um pouco. Serapião fez menção de se retirar e pediu licença, mas ele não consentiu:

– Não senhor – dizia-lhe na sua euforia alcoólica –, você é meu convidado essa noite, enquanto o dia não clarear, não sairá de minha mesa. Não se preocupe. A despesa é minha.

Disse chamar-se Angelino. Serapião lembrou-se então que já o conhecia de nome e de fama. Informou que era fazendeiro, casado, tinha doze filhos, sendo oito homens, e confessava apreciar a farra, o mulherio, a música. Os filhos e dois genros administravam sua fazenda enorme, umas vinte mil cabeças de bois, plantações, casas alugadas etc.; falava e bebia e obrigava também Serapião a beber.

Um grande número de garrafas de cervejas esvaziadas formava um pequeno pelotão de granadeiros louros, mantendo à distância a domesticidade morigerada.

Angelino mandou vir mais cerveja e lingüiça frita na brasa, quente, aromática e pão.

Serapião o estava achando irresistível, genial, pois a cerveja espantara as suas amarguras.

Pouco depois chegou a mulher com quem ele dançara. Angelino puxou-a pela mão, fê-la sentar-se em seu colo e disse, gargalhando:

– Você não me pediu licença para dançar com minha mulher, hein? Agora quem vai dançar sou eu...

Levantou a mulherzinha nos braços. Ela perdia-se de risos. Levou-a para o meio do salão e pôs-se a dançar, apesar da idade, num desembaraço de jovem afeito aos cânones das exigências boêmias. Um dos homens saiu também dançando com a outra mulher. Filogônio ficou sentado em companhia do outro homem. Disse:

– Sujeito formidável o Angelino, hein? Não se incomoda de um desconhecido dançar com a sua mulher...

O homem deu uma gargalhada:

– O Angelino lá liga pra isso...

– Que idade ele tem?

– Cinqüenta e oito anos.

Contou para Serapião a vida original, desregrada, de Angelino. Filho natural de um italiano, herdara do pai enorme fortuna, representada por terras extensíssimas e férteis, casas etc. O velho deixara tudo para o filho natural, pois enviuvara-se cedo e não tivera filhos com a mulher legítima. Angelino trabalhou muito. Multiplicou a herança, casara-se, formara numerosa família. A partir de certa idade, já muito rico, aderiu totalmente à farra. Com os filhos já moços, deixou-os na administração dos negócios. A mulher legítima deixava na roça, se bem que morando numa bela mansão e ele ficava na cidade, bebendo cerveja, dançando e amando as cortesãs da zona boêmia.

– E a esposa se conformava?

– Ela se conformou e gozando de todo conforto praticamente se desligou sentimentalmente do marido. Angelino põe uma mulher por sua conta, nesse meio tempo enche-a de dinheiro e de presentes. Depois, se for o caso, passa para outra e mesmo que haja ciumeira, não há contendas, pois todos sabem de seu espírito inconstante, incapaz de se submeter a qualquer injunção de ordem doméstica ou amorosa. No fundo é um bom coração e ninguém chora miséria perto dele. Exploraram-no até descaradamente... Apesar da vida dissoluta, as portas de todas as casas da cidade estão abertas para ele, pois é compadre e amigo de todo mundo. As prostitutas eram o seu fraco, e o estimavam e viam nele um salvador de suas aperturas. Sua vontade no município praticamente era lei, pois o seu espírito de caridade bonachona, conjugado à sua enorme fortuna, fazia dele mais ou menos um pai, ao qual todos poderiam se valer nas horas difíceis. E sempre que chegava um delegado de polícia de fora, visitava primeiro a Angelino, como se pedisse a ele a senha de sua conduta.

Serapião entreviu o dia rompendo as trevas, pois as luzes das lâmpadas amorteciam-se ao contato da luz matutina, que jorrava pelas janelas do cabaré. O preto da sanfona levantou-se, pondo fim às suas atividades, mas Angelino gritou do meio do salão:

– Ô macaco, eu te dei licença pra parar?

O preto sentou-se de novo, rindo um riso condescendente e fez vibrar novamente a sua sanfona. Havia, agora, na casa noturna, apenas uma dúzia de boêmios. A música parou logo em seguida. Os dois músicos encaminharam-se em direção a Angelino, que lhes deu uma boa paga. E enquanto lhes dava dinheiro, gracejava com eles, xingando-os fraternalmente. Eles respondiam também de maneira atrevida, mas via-se que tudo era apenas amizade e admiração mútua.

Filogônio despediu-se e saiu.

Na viela, a friagem da madrugada arrepiou suas carnes. Sobre o lombo do rio, agora cinza, sinistro, a névoa se eschanchara e cavaleira destra não se movia aos corcovos das águas. A viela achava-se deserta. As casas pobres, pequenas, fechadas, guardavam os segredos dos amantes boêmios e das amantes venais. Amores que buscam apenas a sensação dos nervos tensos, sem a bênção do altar e sem o aceno do futuro tranqüilo, sem a esperança da prole honrada, sem o gráfico orgulhoso da árvore genealógica, como brasão de Vênus glacial e afônica.

Foi subindo a viela. Levantou a gola do paletó. Adiante encontrou uma pobre marafona decadente, baça, gordalhufa, de pernas elefantinas, ébria e boçal. Pediu-lhe dinheiro. Serapião revirou os fundos dos bolsos, para que ela visse que ele nada tinha. Xingou-o de miserável. Teve-lhe pena e nada respondeu. Mais adiante um homem esmurrava uma porta e gritava nomes obscenos e prometia pancadas a uma mulher, cujo nome declarava. Mas a casa estava quieta e silenciosa e resposta nenhuma vinha lá de dentro.

O arruamento dos prostíbulos pela madrugada é sinistro, são como abraços' de caveiras. Enregela-nos de horror. As fadas pecaminosas, cintilantes, das luzes, da música, dos perfumes, das bebidas, quando deles se afastam ao aceno da aurora, são substituídas pelo sudário escuro das tristezas mórbidas e dos remorsos enervantes. E então, o lenitivo do pecado, a fuga a esse horror, é o sono, o mergulho lascivo, profundo, pesado, no poço insondável dos encontros mercenários, até que o sol do meio-dia, como escafandro louro, devolva o dissoluto ao turbilhão da vida e devolva a prostituta ao narcótico da fome.

Era cedo ainda. Atrás do cômoro do horizonte, entrevia-se um clarão dourado, como de um deus risonho, brincando de esconder. O frio aumentava. Há um momento no amanhecer, que traz um frêmito repentino, doloroso, frígido, mais frígido do que a frigidez presente. A terra mostra-se então bela e misteriosa, cheia de curvas sensuais, como Afrodite lânguida e dormente, saciada de gozos.

Serapião pôs-se um pouco trêmulo. Lembrou-se de Universina. A Terra macia das névoas noturnas, curvilínea, morena, era Universina, a mulata esplêndida, a fêmea de raça. E ele era um ser liliputiano, como outros homens que disputavam o seu corpo, assombrados, polarizados diante de sua energia invencível, de seus frêmitos bravios.

Pensou ir até à sua casa, bater à porta, talvez que o marido já houvesse saído para o trabalho. Nesse caso... Nesse caso... Oh! Céus!... Na hipótese contrária se desculparia, diria da necessidade que sentira de se despedir e de um agradecimento às suas gentilezas e com a sua hipocrisia salvaria a conveniência social e a segurança pessoal. Sabia onde ela morava. Ela mesma havia lhe ensinado o caminho com precisão. Repetiu-o mentalmente: "Na primeira esquina depois do bar do seu José, dobrando à esquerda, a última casa no fim do beco, à direita de quem desce..."

Apressou o passo na exultação da imaginação lasciva.

O QUASE FIM DE SERAPIÃO FILOGÔNIO

Via-a esplêndida, mais esplêndida agora, após o descanso noturno, com as carnes tépidas do ninho fofo, como gata que houvesse dormido no borralho. Talvez estivesse de camisola ainda, uma camisola apenas sobre a pele bronzeada e a roupa, moldável, negligente, entremostrando os seios duros, fartos, as ancas largas, a cintura estreita, as coxas amplas como dois cones truncados de cedro polido, tangenciando-se ao alto nos círculos maiores... O excesso de desejo animal aumentou sua tremura. Tremia agora com todo corpo, como se estivesse com maleita, matraqueando os dentes e sacudindo os membros. Parou incapacitado de andar com firmeza. Ficou indefeso sobre a calçada, recostado a uma árvore, enquanto o sol nascia e o olhava numa censura tépida, e enquanto a sua intenção adulterina e a sua tremura iam se extinguindo, na benigna e moralizante claridade.

Seguiu então o seu caminho. Teria que esperar até às nove horas, quando o Banco se abriria e ele poderia retirar o dinheiro, indubitavelmente à sua disposição. Caminhou em direção à ponte enorme sobre o rio. Encostado ou sentado sobre um dos seus balaústres pensou: "Apreciarei a paisagem e a vida fugitiva das águas e não me impacientarei com a espera".

Chegando à ponte, foi até o meio, debruçou-se no parapeito de pedra e ficou articulando a sua conduta para aquele dia. Concluiu que seria melhor escrever para a sua mulher, recomendando-lhe que lhe enviasse a sua mala com as suas roupas e demais objetos imprescindíveis, para o Rio. Ao meio-dia, mais ou menos, passaria um ônibus para Pavanópolis. Ele esperaria o ônibus e daria ao motorista o bilhete para a sua mulher. Depois iria para o Rio, num ônibus noturno procedente de cidade distante, que passaria à noite por Primitivos. No dia seguinte, esperaria a sua mala no Rio. No Rio ficaria em casa de um parente de sua mulher, o que facultaria uma indispensável economia. A possibilidade do extravio do bilhete ou da mala ficava afastada, em virtude dos dois motoristas da empresa serem seus amigos e conterrâneos.

Esperava achar no Rio um emprego razoável. Esperava, ainda mais, receber um pagamento de negócio antigo, já há muito vencido, cujo devedor prometera saldar a sua conta por aqueles dias. A promissória deixara guardada com o tal parente, na última vez que estivera no Rio.

No entanto, se o dinheiro não estivesse no Banco?... Um baque de medo acelerou seu coração. Não teria mais cara para voltar ao bar de seu José. Quanto ao hotel, sentia até náuseas ao lembrar-se daqueles caras miseráveis. Não se encontrava também em condições de enfrentar despesas, hospedando-se em algum outro hotel. De repente, lembrou-se de Angelino, o fazendeiro farrista, rico e generoso. Sim, o único remédio seria Angelino. Iria acordá-lo no alcouce em que estivesse e contaria a ele o atraso do seu dinheiro. Não havia outro caminho... Não havia...

Veio chegando um homem de estatura mediana, idoso, aparentando uns setenta anos. A fisionomia externava experiência, mas também amargura. A despeito da idade, irradiava energia e também dignidade. Debruçou-se ao lado de Filogônio no parapeito da ponte e perguntou-lhe se ele era dali.

– Não, sou de Pavanópolis.

– Conheço Pavanóplois a palmo – retrucou o homem – e também todo o Sertão de pecuária de corte, que vai de Pavanópolis para cima.

Informou que fora comprador de madeiras muitos anos. Despachava madeira para o Rio. Os compradores, porém, viviam lesando-o na cubagem da madeira e nos preços ajustados, por isso deixara de comprar madeiras, passara a comercializar gado. Tinha uma tropa de uns vinte burros de sela e carga. Levava em suas viagens a metade e os outros ficavam sarando os lombos, pois os animais, no retorno, vinham invariavelmente com os lombos pisados, em virtude do excesso de serviço e dos suadouros úmidos e retorcidos, pela viagem longa. Ficava assim quarenta, cinqüenta e até sessenta dias fora de casa. Não estranhava o serviço, pois em sua adolescência fora empregado em fazenda de criadores de animais e gado e trabalhara como vaqueiro primeiramente e depois peão, amansador de animais xucros. Não viajara tanto por necessidade, ultimamente, quanto por vocação. Achava-se bem de finanças, tinha algumas propriedades, mas aquela vida era sua segunda natureza.

Serapião perguntou-lhe se ainda comprava gado.

Disse-lhe que não. Interrompera a atividade há uns vinte anos passados, pois cometera dois crimes de morte e encontrara-se preso até uns cinco anos atrás. Notando que Serapião fazia cerimônia em pedir-lhe detalhes, foi logo dizendo sem rebuços, que matara sua mulher e o amante dela.

Nas viagens que fazia, a mulher enamorara-se do escrivão do lugar onde moravam e desfrutaram seu amor criminoso muito tempo, pois suas ausências facilitavam tudo. Mas lá um dia, recebera uma carta anônima. Chocou-se profundamente, pois nutria pela mulher um amor ardente. Nada dissera, porém. No dia seguinte deu falta de uma das chaves da sala de visitas, pois a sua casa, em estilo antigo, apresentava duas portas dando para a frente da rua. Procurou a chave e não a encontrando fez certo estardalhaço. Depois, demonstrando irritação, declarou que usariam apenas a outra porta até que a chave perdida aparecesse. As crianças, duas meninas e um menino, gozavam de férias. Pretextando que elas tinham necessidade de um leite fresco, tomado junto ao peito da vaca, pediu a um compadre, fazendeiro distante umas cinco léguas, que as deixasse passar por lá alguns dias. Já eram crescidinhos e o menino mais velho contava quinze anos.

No dia seguinte ao da partida das crianças, ordenou que o seu arrieiro e os seus dois tropeiros preparassem os burros para saírem de viagem. Prepararam tudo e, na manhã seguinte ao dia desses preparativos, montaram nos animais e puseram-se a caminho.

O velho fez uma pausa. Serapião olhava as águas do rio, escutava-o e nada dizia. Pensava apenas na força absurda das confidências. O crime é uma carga insuportável sobre os ombros de um homem normal e quando relata o seu erro, o seu homicídio, é como se depusesse, por algum tempo, no chão, aquela carga e ficasse inventariando para um ouvinte curioso os objetos de que ela se compõe. Ao menos nesses instantes, ele descansa. Mas depois a coloca de novo nas costas e continua arfando sob o seu peso insuportável até o final suspiro.

– Se o senhor soubesse como eu amava aquela mulher –, exclamou num arquejo, que era ainda um eco do seu amor. Nesse ponto, o velho fez uma pausa. Mas continuou: – Mesmo depois de saber do seu erro, pela carta anônima, eu a amava à noite, no nosso leito, desvairado, alucinado, infeliz, trincando os dentes para não mordê-la, para não sangrá-la no auge do meu ciúme misturado ao auge do meu amor... Anteriormente, de volta das minhas viagens e achando-me ainda distante um, dois dias de marcha da minha casa, eu largava o gado por conta dos empregados e vinha num repente, batendo o flanco da minha mula nas esporas, doido com a visão do seu corpo e dos seus afagos. Por que o excesso de amor é sempre unilateral? Eu era bronco, lia e escrevia mal, fazia apenas as quatro operações, isso mesmo a custo de esforços à noite, pois não tivera o conforto da escola em minha infância. Depois, na prisão, comecei a ler, estudei, ilustrei-me. Hoje sou um homem apaixonado da literatura, familiarizei-me com os livros de Sigismundo Freud e fico analisando os sentimentos daquele tempo de vida tumultuosa e obscura, como um poço de águas sulfurosas, tépidas, nas quais vivessem peixes cegos, monstruosos... Ultimamente, depois que começaram os amores clandestinos de minha mulher, ela já não me recebia, nas voltas de minha viagem, com as exultações espontâneas de uma alegria sincera. Mas eu, confiante, alheio a qualquer suspeita, nada levava em conta e supunha que fosse antes o pudor de excessos numa mulher casada há dezesseis anos e com os filhinhos já observadores e conscientes da vida conjugal dos pais. Em nosso leito, notava seu corpo rijo, estranho aos meus abraços e aos meus transportes de esposo ardente. Mas meu amor crescia com a sua indiferença. O amor é um potencial que precisa ser neutralizado, para que o amante se tranqüilize – sentenciou. – Ela consumia seu potencial erótico nos braços de outro homem e eu, o dono, o marido, o esposo, vivia tenso e febril, na atmosfera de uma tempestade que não desabava e que eu não compreendia. Mas, como dizia, pusemo-nos a caminho. Ela mal se despediu de mim naquela madrugada. Nem se levantou do leito para me abraçar. Deu-me a mão negligentemente e virou-se para o canto, lânguida e feliz, degustando com antecipação os carinhos do amante. Eu tinha a garganta seca, a boca amarga, os olhos encovados, as mãos trêmulas. Tinha febre. Mas, calei-me, saí de casa e pulei no dorso do meu animal. Eu possuía uma linda mula de sela, o melhor animal dentro de um raio de dez ou mais léguas: briosa, inteligente, alta e forte, firme e tensa. Eu a tratava como uma serva de luxo e apenas o desejo de encontrar mais depressa a minha mulher, na volta das minhas viagens, fazia-me castigá-la um pouco, imerecidamente. Mas, naquela manhã, achava-me absurdo, raivoso de mim e do mundo. E mal montei, levei as rosetas das esporas nas "maçãs" do peito da mula e choquei-a com a minha brutalidade. Eu fora um peão famoso! Domara animais rebeldes, difíceis, enjeitados às vezes por cavaleiros menos destros. A mula, sob a dor das esporas, cresceu em corcovos violentos, soltou gemidos dolorosos. Depois, sangrando no peito e também na boca pelos arrancos que eu lhe dera duramente com o freio, empinou-se nas patas traseiras e tombou de lado, desamparadamente. Eu saltei lépido ao chão, no automatismo do homem que fizera, em anos passados, da doma dos animais o seu ofício. A mula quedou-se uns instantes tombada, inerte, vencida, como se pedisse clemência. Dei-lhe então um pontapé brutal no focinho, com extremo ódio. Talvez eu a castigasse porque também era uma fêmea e me pertencia. Como que transferia a ela uma parte da culpa da minha mulher. A mula agitou-se como se tocada por um choque elétrico e antes que se levantasse de todo, eu já me achava sobre o seu dorso. Supunha que apenas a minha raiva desmedida fazia-me proceder assim. Hoje vejo que, inconscientemente, instintivamente, preparava-me, provava os meus reflexos e a minha agilidade, como um teste necessário ao meu desígnio sinistro. Mas, eu estava em forma... Era ainda ágil e achava-me pronto, como uma fera acuada, para a luta mortal.

Meus empregados olhavam-me calados, como que assombrados com a minha brutalidade e a mudança do meu humor. Mas, eu nada lhes disse e rompi a marcha. Minha mula marchava agora magoada e se bem que talvez mais dócil pelo temor e pelo castigo, eu sabia bem que já não me era leal, que já não havia entre nós dois a comunicação harmoniosa e obscura que há entre o cavaleiro habilidoso e seu animal brioso. De repente, senti que meus homens sabiam da minha infâmia e seus silêncios eram a conseqüência de seus constrangimentos e como que uma tácita censura. Sentia seus olhares sobre as minhas costas como punhais de desprezo. Mas marchamos, marchamos, marchamos.

Eu pensava, enquanto marchávamos, que não seria fácil a minha empreitada. O amante de minha mulher era um homem forte, mais forte e mais novo do que eu, cínico e brutal, espancador contumaz de cidadãos pacatos, temido pelo atrevimento e pela língua desabusada. Impressionava a certo número de mulheres histéricas, pela sua fama de mulherengo audacioso, a despeito de péssimo chefe de sua própria família. E eu perguntava-me como conseguira esse homem defeituoso, em excesso, conquistar o coração e possuir o corpo de minha esposa.

Nesse ponto, o velho fez uma pausa. Tirou uma última baforada de um cigarro de palha, apertando o lume com a unha direita, enquanto com a esquerda firmava-o na boca. Depois o jogou sobre a correnteza do rio. Limpou a garganta e cuspiu sobre as águas um cuspe grosso de sarro escuro de fumante inveterado de fumo de corda. Ficou então pensativo, observando o rio. Enquanto ele fazia essa pausa, Serapião pensava no absurdo da incoerência de certas vidas. Aquele homem, que se ilustrara já velho, teria sido um advogado de talento invencível, se na sua mocidade, em vez de trilhar as trilhas de seus passos selvagens, houvesse se sentado nos bancos de uma Universidade. A palavra saía-lhe fácil, sem ostentação. Era uma eloqüência fluente, desafetada, ritmada. Uma vez apenas sentiu a sua voz modulada pela emoção. Mas incontestavelmente também, uma eloqüência inata, pessoal, que a leitura apenas polira.

Encontram-se, às vezes, esses tipos distinguidos pela inteligência singular e pela experiência, ainda que freqüentemente despidos da erudição acadêmica. Com que precisão evocava o que assimilara na fase de seu primarismo intelectual e aquilo que assimilara instintivamente, traduzia agora em expressões de incontestável eloqüência literária.

Mas prosseguiu:

Paramos num rancho que ficava à disposição de tropeiros e boiadeiros. Mandei que fosse feito o almoço, mas que eu teria que regressar à minha casa pois esquecera o dinheiro necessário à compra do gado. Como tinha urgência, não almoçaria. Mandei também passar os arreios da minha montaria para outra mula, que, livre no trajeto, não se cansara. Ninguém insistiu para que almoçasse.

Eu sentia que uma compreensão daquilo tudo se estendera sobre os meus auxiliares. Notava também um certo determinismo em seus ânimos. É como se dissessem: "Agora sim, recuperamos o nosso patrão, ele recobra a sua masculinidade, a sua hombridade, a sua honra. Podemos de novo estimá-lo e respeitá-lo".

Identificavam-se com o chefe, tacitamente, do qual se haviam moralmente apartado, pela degradação do seu tálamo.

Meu arrieiro era um rapaz de menos de trinta anos, moreno, de olhos gateados. Achava-se foragido da justiça e trabalhava para mim. Chamava-se Lourenço. Lourenço matara um homem numa luta leal, defendendo sua eventual companheira, num cabaré de zona boêmia. Veio assim fugido, com um bilhete do ex-patrão, meu conterrâneo e amigo, endereçado a mim.

Lourenço era um raro, um magnífico exemplar da raça humana: nunca lhe repeti uma ordem, nunca lhe fiz uma advertência, nunca o surpreendi numa displicência, num relaxamento. Antecipava medidas, exorbitava funções, era precavido, leal e discreto. Quanto ao físico, era tenso e reteso como um canguçu...

Ele trouxe-me o animal do meu retorno: uma mula de comprovada resistência. Estava calmo, mas em seus olhos havia como que umas chispas, um certo intuito anunciatório de um drama inadiável. Sujigou a mula pela brida, enquanto a mão direita firmava o estribo esquerdo, no hábito cavalheiresco dos nossos sertões.

Montei e parti. Não andara cinco minutos e escutei um tropel atrás. Virei-me na cela. Era Lourenço. Sustive meu animal e quando ele me alcançou, perguntei-lhe aonde ia...

"Vou com o senhor..." respondeu-me. Não mais era meu arrieiro, era um filho antecipando-se ao pai num trabalho sinistro. Respondi-lhe: – Não, Lourenço, não meu filho... é preciso que eu vá só...

Toquei meu animal, sabendo agora, com certeza, que não mais havia segredos entre mim e meus peões.

Impulsionei a montaria numa marcha mais viva. Já distante do rancho umas duas léguas, amorteci as passadas da mula, para que a noite me alcançasse, antes de penetrar na cidade.

Lembrei-me então de um detalhe importante: se passasse por mim algum carro ou algum cavaleiro mais apressado, poderia levar à minha mulher ou ao seu amante a notícia da minha volta. Dispuz-me, por isso, tomar outro caminho e ainda que menos longo, levaria mais tempo para vencê-lo, devido à sua impraticabilidade... não me exporia, porém, à possível indiscrição de algum viajante. Esse outro caminho estava praticamente abandonado, por oferecer um sério obstáculo: um atoleiro profundo, de uns dois metros de largura. Parecia que o proprietário daquelas terras valia-se do atoleiro, para evitar o trânsito de boiadeiros, responsável, eventualmente, por surtos de aftosa em seu rebanho. Enveredei, portanto, por ali.

Às três horas da tarde mais ou menos, confrontei-me com o atoleiro. A mula, tremendo de medo, castigada nas esporas e forçada no freio, chegou à borda do lamaçal, cheirou-o, encolheu-se sob minhas pernas, diminuiu-se numa concentração de forças e num salto desesperado, que lhe arrancou um gemido, projetou-se ao lado oposto, na terra firme.

Pouco adiante parei um certo tempo, para dar tempo ao tempo e deixar pastar a minha cavalgadura, cuja sede se mitigara nos bebedouros naturais dos caminhos. Desmontei por isso, tirei o freio do animal, afrouxei a barrigueira e sentado num cupinzeiro, segurando a ponta do cabresto, deixei que ela pastasse.

Minha atenção, porém, foi despertada por um bando de urubus, que rodeava um casebre, mais adiante e mais abaixo, numa pequena vargem. Amarrei, então, o cabresto da mula num tronco de árvore e dirigi-me para lá...

Serapião estava cheio de interesse. Nada dizia, escutava apenas e temia que o velho se arrependesse de suas confidências e terminasse bruscamente a sua história. Achava-se preso aos seus lábios, como um leitor se prende a um livro de enredo irresistível. O homem, porém, prosseguia como alguém, teimoso, que se dispõe a fazer uma tarefa desagradável, mas só sossega quando a termina.

– O casebre – continuou – era a moradia de Totó Bonitinho, um preto ainda novo, mas de espírito tímido e primário. Eu o conhecia de viagens anteriores, quando passávamos invariavelmente por ali, antes de se formar o atoleiro.

Meus empregados tinham o costume de pedir um gole de café ao Totó Bonitinho, que sempre os atendia lhano e humilde. Eu aproveitava essas ocasiões, para lhe dar algum dinheiro.

A mulher do Totó Bonitinho era uma preta atrasadíssima, grande e selvagem, que nunca aparecia. Eu a vi apenas uma ocasião, passando de longe, em grandes passadas, com a vaga aparência de uma urubua espantada.

Meus empregados, com exceção do Lourenço, sempre gracejavam com Totó, fiados em sua simplicidade, dizendo-lhe que a mulher de vez em quando, provavelmente, lhe "chegava o couro..."

Totó respondia invariavelmente com a mesma resposta:

– Eu hein? Viro jararaca se alguém me encostar a mão... – os homens riam, mas gostavam sinceramente de Totó Bonitinho.

Ele trabalhava sempre nas proximidades do seu rancho, batendo pasto de empreitada ou capinando café por lotes de pés, ou tratando de roças de cereais que tocava "a meia". Soube que seu patrão preferia assim, já que na turma, no meio dos outros, costumava passar alguma fome, já que sua mulher às vezes não lhe levava a marmita do almoço, amedrontada com os olhares estranhos.

Certo dia, eu estava com o espírito leviano, extravagante, e provoquei o Totó: – É verdade então, que a patroa às vezes lhe "esquenta" o lombo?

Totó Bonitinho, surpreendentemente, pôs-se sério. Não me deu a sua resposta invariável e contou-me o seu drama: a mulher fora violentada por certo mulato desaforado, estando ele na roça, ausente de casa. Apesar dela ter resistido, pois inclusive fechara a casa, e o mulato ter penetrado por uma janela que arrombara, a aventura picante, despertoulhe a imaginação e ela passara a amar o mulato... dizia-lhe agora, constantemente, que "o seu homem" era o mulato e que haveria de fugir com ele.

Eu conhecia o mulato e sabia, aliás, que era dado a aventuras amorosas. Fiquei, assim, pensando na infelicidade do Totó Bonitinho. O homem que trouxera a sua desgraça conjugal provavelmente não se importava mais com aquela pobre mulher, que despertara momentaneamente a sua luxúria criminosa. Apenas a excitação da posse violenta o havia espicaçado. No entanto, Totó perdia definitivamente a sua única riqueza: o amor da sua preta!

Desse dia em diante, proibi aos meus homens de caçoarem com Totó. O casal tinha um filho apenas, um menino de uns quatro anos, que eu via sempre acompanhando o pai, sempre encostado às suas calças.

Do rancho vinham ladridos seguidos do ruflar das asas dos urubus levantando vôos e pousando pouco adiante.

As janelas estavam fechadas. A porta da frente, porém, achava-se aberta. Logo que me aproximei fui acometido por um pequeno cão, magríssimo... dei-lhe um pontapé violento... Ele entrou ganindo no rancho onde ficou rosnando. Olhei, então, para dentro do cômodo. Numa esteira, jazia inerte o pretinho, já cheirando mal. Compreendi então que o cãozinho fiel vigiava o corpo do seu pequeno dono, contra o ataque dos urubus. Puxei a porta emperrada, para evitar os urubus, prendi-a por fora com um arame usado para isso pelos moradores e fui-me embora.

Por que Totó Bonitinho e sua mulher haviam abandonado o corpo do seu único filhinho? De repente percebi tudo: a timidez, o atraso, a incapacidade de agir, impediam aqueles dois entes desorientados, aqueles dois refugos humanos, de proceder judiciosamente. Fugiam da ação que seria, ao correr de suas vidas, a mesquinha compensação da perda daquele bem precioso.

Esqueci, assim, por alguns minutos, a minha própria desgraça. Segurei a mula no freio, que antecipando o seu descanso nos pastos caseiros, forçava a marcha. Andava devagar... Urgia que me atrasasse, senti a boca amarga e um grande desgosto com a pujança com que o sol e o verde da mata me agrediam. Era um homem marcado pela morte, um condenado a morrer, qualquer que fosse a solução do dilema.

Lembro-me que um grande gavião, um carcará, mantinha-se impassível sobre uma estaca de cerca, enquanto me aproximava. Já bem perto sustive a mula e ficamos nos encarando, à distância de uns três metros. Tirei o revólver, apontei em seu corpo e premi o gatilho. Ordinariamente não mato os bichos. Prefiro contemplá-los no vigor e na filosofia de suas vidas libertas. Aquele gavião porém, eu queria matar. Um sentimento de indignação brotava em mim.

Que atrevido! Quanta petulância!... mas ele me olhava impassível e seus olhos exibiam um olhar feroz de fogo. Parecia-me dizer: Você é um joguete, um pobre diabo... veja a minha fortaleza... a minha independência... como o desprezo... o seu revólver é um artefato de fracos... minhas armas já nascem comigo... são os componentes do meu poder e da minha dignidade... como o desprezo...

O tiro estava pronto... mas num ínfimo momento pairou sobre a ave a lembrança de Lourenço. Pude ainda elevar o bico do revólver... o tiro saiu para o alto, enquanto a fera levantava vôo, tatalando as asas.

Um pouco adiante, uns crioulos apuravam o feijão colhido em suas roças de subsistência. Levantaram, com estacas, um pano grande como um lençol e jogavam contra o mesmo, com pás, a massa das vagens e galhos previamente batidos com varas, sobre um terreiro. A palha ficava para trás e as sementes, mais pesadas, iam se amontoando junto ao pano.

A mula assustou-se com o movimento insólito e recusava-se a passar. Aborrecido com a perspectiva dos homens me reconhecerem, baixei o chapéu sobre os olhos e impulsionei a besta nas esporas e no freio. Ela passou aos galões, bufando e com as orelhas em pé.

Dois negrinhos postavam-se junto aos homens. Entusiasmaram-se com o espetáculo e gritaram, quase que em coro, o meu nome, repetindo-o possivelmente, por haverem-no escutado de algum dos homens. "Estou identificado", pensei. De qualquer forma chegarei à cidade, antes que algum deles possa relatar o fato.

Finalmente chegou o crepúsculo: as maritacas sustaram seus vôos tagarelas, os pica-paus silenciaram seus repiques e os curiangos passaram em frente à minha mula, a acender as suas brasas incinéreas, soltando seus dois pios gemebundos. Veio então, o gargalhar sinistro das corujas. Ficou noite e noite muito escura. No lume do meu cigarro olhei as horas: nove horas. Devo chegar após a meia-noite, pensei. Segurei assim o animal que, impaciente, continuava forçando o freio, para uma caminhada rápida.

Finalmente entrevi ao longe, o clarão embaciado da cidade, distante aproximadamente uma légua. Na toada em que vou, pensei, levo ainda uma meia hora para chegar. Iluminei novamente o relógio na brasa do cigarro: faltavam quinze minutos para a meia-noite. Soltei então as rédeas e deixei que a mula caminhasse ao sabor da sua vontade. Mas não cheguei montado à minha casa. Na entrada da cidade havia um rancho rústico, com piquete anexo, onde os cavaleiros que vinham da zona rural podiam deixar seus animais, à disposição para o retorno. Ali ficou a minha montaria desarreada e solta no piquete. Segui a pé para casa...

Estava tudo silencioso, as janelas e portas cerradas. Era o absoluto do sono, que desencadeava os imprevistos do mundo e os assomos dos frustrados...

Filogônio fitava as águas do rio. Aceitou um cigarro que

O QUASE FIM DE SERAPIÃO FILOGÔNIO

o velho lhe ofereceu e passou com muita seriedade a cuidar do seu pito, fitando-o e acendendo-o com um vinco entre as sobrancelhas, soprando depois a sua brasa com um bico comprido, como se aquele cigarro fosse a sua âncora no mar capeloso daquelas confidências...

O velho tirou do bolso canivete, fumo de corda e palha de milho. Guardou o fumo e pôs-se a preparar a palha, moldando-a e adelgaçando-a com a lâmina. Depois enfiou a palha no bolsinho superior do paletó e passou a trabalhar o fumo, picando-o em fragmentos mínimos. Apertou aquela massa escura entre as mãos encardidas de nicotina, para torná-la ainda mais aderente e finalmente colocou-a na palha. Fez um rolo bem comprimido, passou a língua na margem final da palha e concluiu o cigarro. Por fim acendeu-o e continuou:

– Cheguei em casa, abri a porta com a chave que levava comigo e evitando ruídos, entrei pé ante pé. Tirei o revólver da cintura, torci o trinco do quarto e acendi a luz. Os amantes dormiam e em seus olhos o guante do adultério empapuçava-lhes as pálpebras e empalidecia-lhes as feições. Levei o revólver à têmpora de minha mulher e puxei o gatilho. Neste momento houve a explosão de um alvoroço. O homem acordou em pânico brutal. Pulou da cama ridículo, com as cuecas derreadas, arregalou desmesuradamente os olhos, abriu os braços como um tamanduá que ameaça e encostou-se à parede. A voz fugia-lhe, fugia-lhe o sangue e era como uma ratazana que tenta fugir.

Fui então possuído de um sentimento contraditório: quis morrer com minha mulher. Deixar que seu amante me matasse, para que indo-me com ela e morrendo junto a ela, levasse para longe dos homens, ao menos, a nossa desonra. Se o homem investisse para tomar o meu revólver, eu não resistiria. O tipo, porém, para a minha surpresa, aviltou-se, chegou ao degrau final da degradação. Passou, em palavras entrecortadas pelo cansaço do medo, com a boca aberta e com o peito arquejante, a me elogiar, a dizer que eu estava certo, mas que casara com uma mulher à toa, indigna de minhas qualidades, que ela o havia perseguido até que ele concordasse com suas provocações... não resisti a tanto nojo... Apontei o revólver e puxei o gatilho. Ele tombou de lado, com os braços ainda abertos e a boca babante. Peguei-lhe pelo pé, puxei-o para fora do quarto e fui examinar minha mulher. Da perfuração manava um sangue escuro. Passei as mãos em seus cabelos, pedi-lhe perdão, beijei-lhe a testa e dei-lhe a bênção, como um pai. Eu era dezoito anos mais velho que ela. Ela, de certa forma, era minha filha...

O homem fez mais uma pausa. Então disse:

– Poderia ter sido absolvido de meu crime. Os crimes de honra encontram beneplácito no julgamento dos homens. O tipo, porém, era de família influente. Tinha um irmão deputado. Fizeram assim carga cerrada sobre mim e passei quinze anos na prisão. Meus filhos estão financeiramente bem. O que possuía de herança dei-lhes. A tragédia, porém, traumatizou-os e eles me evitam. As moças vivem numa invencível tristeza e o rapaz é amargo e taciturno. Tacitamente culpam-me e sinto que têm razão. É como se me dissessem: Por que o senhor fez isso? Por que não se mudou, nos levando dali? Por que não fingiu ignorar tudo, pensando em nós, evitando deixar-nos essa herança de sangue, de mágoas, de vergonha?

Tenho uma pequena renda dos aluguéis de quatro casas. Moro aqui por perto e adotei uma senhora escura para companheira. Vamos até à minha casa.

Filogônio aceitou o convite. Estava como que anestesiado. Não sabia o que dizer e se dissesse alguma cousa se arrependeria.

Já na casa do homem, falou:

– Não lhe dei o meu nome, nem o senhor sabe quem sou, apesar de sua confiança num desconhecido. Chamo-me Serapião Filogônio, encontro-me aqui por reveses financeiros, mas devo seguir hoje de viagem.

– E eu Severo Custódio, –, respondeu o velho. – Não se preocupe. Conheço os homens a um primeiro olhar e se contei ao senhor a minha tragédia, a confissão é como que uma justificação e porque sabia com quem estava falando... Tenho algumas economias e se precisar de algum dinheiro posso emprestar-lhe..."

– Muito obrigado – respondeu Filogônio, já se levantando para sair e olhando as paredes onde estantes de simples tábuas rústicas estavam pesadas de livros.

– Espere um pouco, disse Severo Custódio –, o senhor não tomou do meu café.

Automaticamente, chegava a mulher escura de Severo, com um cafezinho fumegando nas xícaras.

Severo não se deu ao trabalho de apresentá-la. Ela disse apenas: – Bom dia – e estendeu a bandeja. Era uma mulher escura, gordalhufa, mas plena de vitalidade.

Filogônio sorveu o café. Seu corpo exigia café, a bebida corriqueira, indispensável e ainda mais naquele momento.

Depois, despediu-se de Severo e deu-lhe o endereço de Pavanópolis, encarecendo o conforto que lhe daria a sua visita.

Na rua prosseguiu pensando nas contradições da vida: Severo Custodio, um forte, um macho, cheio de sentimentos dignos, arrastado a uma tragédia imunda, contaminado pelo vírus da deslealdade. Por fim, uma mulher de origem africana oferecia-lhe o seu porto e, ainda que precário, o descanso para a revolução da sua vida trágica. Essa segunda companheira seria uns trinta anos mais nova do que ele. Filogônio supôs que a diferença dessa com a falecida era a mesma que Severo tivera com a sua primeira mulher.

Serapião Filogônio foi dali diretamente ao banco. Entrou de carranca fechada e, para surpresa sua, um funcionário adiantou-se e disse-lhe que seu dinheiro havia chegado. Corrigiam, assim, tacitamente, a desconfiança e o desprezo anteriores. Regularizou, então, as suas contas, deixando a crédito de José Pulcrino o pagamento que ele fizera ao hotel e reembolsando o restante do dinheiro.

Procurou um bar, tomou café e comeu pão com manteiga. Sentia-se agora razoavelmente bem. Comprou cigarros, papel e envelope de carta, também um jornal e sentando-se num banco da praça sob a sombra de uma árvore, escreveu para sua mulher, apoiando o papel da carta sobre o jornal que estendera sobre os seus joelhos. A carta era a seguinte:

Luizinha:
A minha vinda a Primitivos não deu certo. Recebi o dinheiro que você me enviou. Irei ao Rio, tentar receber uma dívida e organizar nossa vida. Abençoe as crianças.
Do seu Filogônio.

Nota: Mande amanhã para o Rio, pelo Tonico ou pelo Tião, da empresa de viação Pavanópolis, uma mala com roupas para mim. Estarei esperando o ônibus para receber a mala de um daqueles dois motoristas amigos.
Filogônio.

Fechou a carta, colocou-a no bolso e passou a ler o jornal. Antes do meio-dia aguardou o ônibus no local da sua parada regular e pediu ao motorista (Tião) que entregasse a carta à sua mulher. Deu ao Tião uma gorjeta dizendo que era para a cerveja. Tião riu satisfeito e disse que ficasse descansado, pois ainda naquela noite cumpriria a sua recomendação.

Filogônio desanimou-se de ter que esperar tanto tempo, para iniciar sua viagem para o Rio. Mas do outro lado da ponte, havia botecos, restaurantes baratos e resolveu comer qualquer coisa. Enfim, pensou, "chega de passar fome..." naquele lado há também pouca possibilidade de encontrar José Pulcrino, de quem me constranjo ou Universina, de quem me perturbo.

Atravessando a ponte, defrontou-se com uma linda rapariga. O encontro isolado de dois estranhos suscita sempre uma mútua curiosidade instintiva. Filogônio esboçou um sorriso. A moça respondeu com outro. Houve uma simultaneidade de simpatias e Filogônio percebeu que a presença do dinheiro em seu bolso, já lhe dava confiança em si mesmo e o fazia insinuar-se novamente sobre as mulheres...

– Você não toma juízo – censurou-se...

Entrou num restaurante modesto. As mesas eram pequenas e as toalhas encardidas, manchadas de respingos de molhos e de vinhos.

Duas mulheres magricelas, branquinhas, escandalosamente pintadas, roupas berrantes, uma delas com uma obturação a ouro na frente da boca e a outra, com algumas falhas de dentes, achavam-se sentadas em outra mesinha e bebiam "conhaque" com a garrafa da bebida sobre a mesa.

Serapião procurou a mesa mais ao fundo, sentou-se e pediu o almoço da casa. O dono, um português alto e troncudo, de fartos bigodes, um avental amarrado na cintura, respondeu-lhe:

– Pois sim, senhoire.

Trouxe os pratos: arroz, feijão, farofa, carne cozida com batatas...

– Não quer um aperitivo? É oferta da casa.

– Pode trazer – respondeu Filogônio.

Bebeu o aperitivo, uma pinga com limão. As mulheres o olhavam, às vezes trocavam risinhos e cochichos. Mas Filogônio estava em maré de seriedade, que as bocas maltratadas reforçavam. Comeu bem e tomou um cafezinho.

Pagou e partiu sob os agradecimentos do português:

– Aqui sempre às ordens, meu senhoire.

Na saída deu até logo às mulheres que responderam com um acento de gratidão na voz, pela deferência.

Eram duas horas da tarde. Tomaria o ônibus às nove horas da noite.

Universina apareceu de novo nos seus sonhos: "Que mulher! Que bicho de raça! E se eu me fosse com ela, por este mundo de Deus, ganhando o que pudesse para o sustento, mas reconfortado pela energia vital daquela fêmea esplêndida?"

O pensamento injusto insinuava-se. Filogônio suscitou, então, a imagem da sua mulher, das crianças, dos credores, de José Pulcrino e baniu a torpe sugestão que perturbava sua alma.

"Seria um canalha, um verme abjeto..."

Havia umas árvores acolhedoras sobre uma pequena praça, ao lado de uma mureta, que confrontava o rio. Um pequeno ajuntamento de homens rodeava um círculo no qual devia haver alguma cena interessante. Filogônio achegou-se curioso. Dois galos de briga combatiam-se. Eram esgalgos, de canelas fortes, bicos aduncos e grossos. Abaixavam as cabeças em movimentos pendulares, o olhar em fogo, as cristas em sangue e quando a oportunidade se oferecia, ora um, ora outro, empolgava com o bico a cabeça do adversário e metia-lhe impiedosamente as asas e os membros armados de esporas sólidas.

As pancadas terríveis, sabia-o Filogônio, às vezes cegam, quebram os bicos, moem os ossos, prostram morto o adversário. Eram como pugilistas, que usassem punhais sobrepostos às luvas, pugilistas que podiam bater com punhos de bisturis, morder com dentes pontiagudos.

Serapião sempre sentiu uma enorme atração pela raça indomável dos galos de briga. Criava-os em seus tempos de prosperidade, apartando os galarotes em gaiolas, alimentando-os com milho, carne crua e colocando-os aos pares, frente a frente, em breves escaramuças para apurarem os músculos. Não deixava, porém, que a luta se prolongasse, para evitar o estraçalhamento mútuo, o massacre definitivo do vencido. Aliás, a refrega só é bela no início, quando as asas são pendões agitados na guerra e as batidas choques de carnes moldadas para a luta.

Os galos de briga são impertérritos, de uma bravura invencível. Mesmo exauridos, cegados pelo sangue e cobertos de feridas, obstinam-se, pescoços encruzados, em rodopios tontos, dormitantes, apoiando-se no próprio inimigo, pré-agônicos, fantasmas de galos, sustentados apenas pelo espírito.

Neste ponto, o combate já perdeu toda beleza e somente a opinião e a insensibilidade dos homens, o dinheiro apostado, facultam o prolongamento do massacre.

Mas os dois galos ainda estavam bem vivos. Batiam-se então implacavelmente e os homens, excitados, propunham novas apostas, subindo os seus valores.

Os lutadores tinham os peitos, as costas e os pescoços desprovidos de plumagem, exibindo uma pele estuante de sangue férvido. As penas que possuíam nas outras partes do corpo e nas caudas, eram brancas em um deles e de um vermelho acobreado com manchas azuis no outro. Mas o sangue já manchara a pureza das penas e salpicava o chão.

O QUASE FIM DE SERAPIÃO FILOGÔNIO

Filogônio mantinha-se interessadíssimo contemplando a cena. Olhava também os homens, cuja faina, cuja paixão, faziam de alguns deles também um pouco galos de briga. Eram magros, de pescoços fibrosos, vermelhos, de gogós salientes, paródias fantásticas de galos. Levantavam os cotovelos de braços membrudos, em ritmos que acompanhavam o bater das asas dos guerreiros. Gritavam nervosos os nomes dos seus ídolos, incitando:

– Malha jagunço, mete o esporão, machão...

– Sustenta peitudo, bota pra correr, pra cantar de galinha...

Era uma algaravia, um linguajar, um dialeto nascido, brotado do mundo à parte dos galistas.

Um dos homens consultou o relógio e anunciou o período regulamentar do descanso, o intervalo entre os *rounds*. Pegaram então em seus galos e, com grande solicitude, passaram a refrescá-los com água fria obtida da torneira próxima, limpando-lhes as feridas, extraindo-lhes a gosma encrustada nas guelas, enfiando-lhes pelos bicos uma pena de galinha adrede prevenida.

Filogônio voltou à praça. Sentou-se num banco pedindo licença a um senhor bem vestido e de aspecto distinto, que estava em uma das extremidades do mesmo. Duas senhoras um pouco próximas conversavam e podia-se escutar a conversa que soava em vozes vivazes. Uma delas dizia:

– O Pedrinho cresceu muito. Está lindo. Superou em um palmo a altura do pai. Agora o Juca parece que quer ficar baixinho. Mas já combinei com o meu marido e vamos levá-lo ao Rio onde tem tratamento especial para fazer crescer.

E a outra:

– É uma pena se ele não acompanhar o Pedrinho. Mas o Juca é novo e pode ainda reagir... Acho que vocês não devem descuidar do tratamento dele.

E a primeira:

– Os seus filhos é que são muito altos. Que beleza! Tomaram hormônio? Porque você e seu marido são baixinhos.

– Não, não tomaram hormônio. Mas não descuidamos de medicamentos, de vitaminas e de uma alimentação muito forte.

Depois elas se levantaram e seguiram prolongando a conversa. Então o homem ao lado de Filogônio deu uma risadinha sardônica e disse:

– Não sei por que essa mania atual de querer que as pessoas sejam gigantes. Não há razão nenhuma para isso.

– Talvez a estética... respondeu Filogônio.

– Mas a estética é uma convenção imposta pela moda, que é uma função do interesse comercial.

– Lá isso é verdade, concordou Filogônio.

– Veja o senhor: uma população mais baixa come bem menos que uma população de elevada estatura. O problema do mundo é escassez de alimentos. Por que então essa histeria de promover um crescimento exagerado das pessoas, sabendo que um organismo grande tem maior exigência de manutenção alimentar? Um homem muito alto come um excesso de alimentos e esse excesso nutriria plenamente seu parceiro baixo.

– Talvez o vigor – redargüiu Filogônio.

– Absolutamente. É sabido que um animal mediano (e o homem é um animal) é mais resistente e mais apto à sobrevivência fisiológica que outro de grande porte.

– Talvez a força física – adiantou Filogônio.

– Também esse argumento não pega, pois o homem não domina a natureza através das mãos, ou dos seus músculos, mas sim através de tecnologias, de máquinas etc. Por muito forte que seja um homem, ele é débil até mesmo diante de um bovino ou de um simples cão feroz. Para o boi ele usa o curral, o laço, o condicionamento, a fuga etc. Para o cão a corrente, a mordaça, o treinamento, também a fuga. Então o que vale mesmo no homem é a sua cabeça, a mente e não os centímetros a mais que ele pode oferecer acima de uma altura considerada normal.

– E uma pessoa alta, não seria igualmente mais inteligente? – disse Filogônio, apenas com o desejo de manter o diálogo.

– Mas o que é isso, meu amigo!... Se fizessem uma resenha dos gênios da humanidade, ficaria provado que a maioria era constituída de pessoas na média ou abaixo da média de altura de sua população específica. Aqui mesmo no Brasil, temos o exemplo de Rui Barbosa, de José Bonifácio, Santos Dumont, Getúlio Vargas etc.

– Um homem alto e forte é mais apto à atividade bélica e a humanidade é um complexo beligerante – disse ainda Filogônio, mas sem nenhuma convicção do que estava dizendo.

– Também não – respondeu o homem. – Se a guerra fosse feita na base da porrada pura e simples e nós sabemos que não é, sem armamentos, mesmo assim o seu argumento não seria de todo válido. A coragem pessoal tem uma interferência tremenda nas lutas. Além disso, um homem mediano é mais sóbrio e mais resistente às doenças, ao esforço físico, às agruras dos acampamentos e um exército de baixa estatura provavelmente venceria um exército de pernas compridas. Temos o exemplo dos romanos, eram um exército de baixinhos e dominaram o mundo.

– Então o negócio é promover o abaixamento da humanidade? – perguntou Filogônio.

– Já não digo isso – respondeu o interlocutor de Filogônio –, mas deixar as coisas no seu natural e não nessa preocupação permanente de fazer com que as pessoas se espichem. Temos vários exemplos: Napoleão era um catatau. Simón Bolívar, além de baixíssimo, era magrinho, franzino e vi seus sapatos em um museu em Caracas e pareciam sapatos de um menino de cinco anos. Não nos esqueçamos também de nossas relações com pessoas baixinhas mas valorosas.

– O senhor tem razão – concluiu Filogônio.

– Veja ainda... um jovem hoje que não cresce é um frustrado. Por quê? Só porque criaram essa mística idiota da altura. Mas altura, por si só, não dá nem inteligência, nem coragem, nem mesmo beleza.

– É verdade, é verdade – anuiu Filogônio.

– Já pensou o senhor, quanto se economizaria em termos de alimentos, de tecidos, de insumos em geral e até de combustível, se a humanidade fosse mais baixa?

Nesse ponto, Filogônio resolveu reforçar o argumento do homem com os seus conhecimentos de criador de gado:

– O senhor tem razão. Mesmo na pecuária, um rebanho de animais de peso médio e dentro de uma mesma raça, oferece mais produção por área de pastagem, que animais de peso muito elevado.

– Pois não é verdade? – exclamou o homem, já se levantando e dizendo da necessidade de se retirar.

Filogônio ficou sozinho com seus pensamentos. Lembrava-se de trabalhadores rurais, vaqueiros, amansadores de animais, capinadores, cujo talhe corporal reforçava a tese do interlocutor desconhecido.

– O que vale no homem ou na mulher é o seu espírito que independe da vestimenta carnal – concluiu Filogônio.

Olhou as horas: quatro horas da tarde.

Filogônio economizava os cigarros, mas sentiu-se na obrigação de fumar. Tirava o maço do bolso, quando se aproximou dele uma preta pretíssima, uma autêntica africana a quem o acaso impedira que a luxúria dos brancos contaminasse as suas fontes raciais. Era uma pobre negra, puxando de uma perna e arrastando uma sacola. A carapinha branqueara. Tinha a boca rasgada, e lábios grossos e avermelhados, como que revirados para fora. Até as suas expressões eram anciãs, pois disse a Serapião:

– Nhonhô, dá um pito pra negra véia? – Filogônio sorriu e deu-lhe um cigarro. Por curiosidade resolveu puxar conversa. Disse-lhe:

– Senta, minha tia, e descansa um pouco... – e Filogônio pensava num provérbio antigo:

"Negro quando pinta
Está com cento e trinta..."

– deve ser muitíssimo velha – concluiu.

A preta acendeu o cigarro, sentou-se e passou a chupitá-lo com sua beiçola ostensiva.

– Nhonhô é daqui? perguntou.

– Sou. E a senhora?

– Sou de muito longe, mo fio. Vim de Diamantina, trabaiei muito. Minina ainda, fui iscrava. A Princesa sortou os negro no mundo.

– E a senhora, vive bem?

– Deus nosso Senhor é qui sabe. Moro com o neto do sinhô da minha mãe. Moro no terrero. Tenho um quartim onde bebo meu gole e pito meu cachimbo.

– E o seu patrão é muito velho?

– Ta véio, ta véio, véim...

– Então eles gostam da senhora, pois até hoje está com a mesma família.

– É que minha mãe sarvô a Sinhá do Sinhô. As iscrava, que era quatro, pegaro a Sinhá do Sinhô que era braba como jararaca e pusero ela no coxo do monjolo, pra modi o monjolo rebentá cabeça dela. Minha mãe brigô com as iscrava e tirô a Sinhá do coxo do monjolo...

– E depois?

– A dispois o Sinhô mandô surrá as bunda das iscrava, inté virá carne viva. A dispois mandô pô as iscravas sentada na sarmora o dia intero. A dispôs prendeu as iscrava no tronco. Quinze dia a pão e água.

– Que tempo, hem!

– Eh! Eh! Eh!

– Como é o nome da senhora?

– Flora.

– Tem filhos, dona Flora?

– Ih! Mô fio, um bando. Mas já morrero longe de eu. Fôro simbora, dispois de moço e nunca mais vortaro.

– E o marido?

– Morreu moço. Muito trabaiadô. Patrão gostava muito dele. Morreu nos chifre de um boi. Mi dexô impencada de fio. Nome dele era: Eugeno Bernardo.

– A senhora sabe cantigas, dona Flora?

– Sei, sei. Cantiga antiga dos tempo dos iscravo.

– Canta uma para mim, dona Flora.

– A pois iscuite – e Flora começou a cantar numa voz rouca, com uns ronronados, como gato com bronquite:

Laranja, banana,

Maçã, cambucá,

Eu tenho de graça

Que a nega me dá...

Se a noite é de frio

Do que ela mais gosta,

É pôr no meu ombro

Seu manto da Costa.

Ih! quando longe me vê

Grita logo: "acujerê"...

Vem cá sinhozim, vem cá

Acujerê, acujerá...

– Gostei, dona Flora. A senhora tem uma bonita voz.

– Será mesmo, mô fio? Já cantei bem. Tinha us denti. Agora num tenho mais. Pra cantá os denti fais farta.

– Dona Flora, o que quer dizer acujerê, acujerá?

– Num sei mais não. Mas é língua di preto, di iscravo.

– E a senhora tem saudade dos tempos antigos?

– Os preto vivia sempre com muito medo. Os Sinhô era brabo. O Sinhô de minha mãe era purtugueis. Gostava mesmo era di lavora, di gado. O Sinhô era bom. Só queria que us negru trabaiasse direito. A Sinhá é que era muito braba e atiçava o Sinhô. Eu era minina. Mas minha mãe contava. Eu ouvia...

– O quê que a senhora lembra daquele tempo?

– Lembro que o Sinhô nas festa de São Sebastião e nas festa de Santo Atonho, mandava matá boi, matá porco, matá cabrito, fazê quejo, muta canjica, muto doce. Dispois tinha festa pros negro, pagode, cachaça à vontade. Os negro comia, bebia, cantava, dançava, inté di manhã...

– Que bom dona Flora...

– É, mas os padre e a poliça não gostava de batuqui di preto. Dizia que era feitiço, que era coisa do diabo...

– Mas mesmo assim eles batucavam?

– Batucava, batucava, proque o Sinhô dizia que nas terra dele ele é qui mandava. Qui os negro tinha o custumi que vieru cum eles da África. Que eles trabaiava muito, precisava também batucá. Qus padre mandava na igreja e as poliça mandava na rua.

– Então o patrão era bom?

– Era. Mas a dispois ficou imburrado, caladão, parô com

as festa. As dispois que quisero pô a Sinhá no monjolo e as dispois que iscravo matô o fio dele...

– E como foi isso?

– Fio dele tava incostado na cerca de pau. Iscravo veio baixadim, baixadim e quando chegô nas costa do fio do Sinhô, levantô a faca e fundô nas costa do fio do Sinhô.

– Verdade dona Flora?

– Verdade, mô fio. Eu era minininha, mas vi o corpo dele, moço craro, sacudido, sangrano nas costa...

– Então os pretos eram ruins?

– Ah! mô fio. Tudo era ruim. Os branco era ruim. Os preto era ruim. Só é bom Nosso Senhor Jesus Cristo...

– Porque o escravo matou o filho do senhor?

– Ciúme... O fio do Sinhô gotô da namorada do iscravo... o fio do Sinhô, antes di morrê, pedi pro pai dele não matá nem machucá o iscravo, que era amigo dele desde mininim e que ia morrê mas perdoava o iscravo... que ele foi curpado do iscravo matá ele.

– Que coisa triste... E o senhor perdoou o escravo?

– Pedoô. O Sinhô falô que a vontadi do fio dele tinha que sê cumprida...

– E o escravo ficou lá?

– Não... o Sinhô deu o iscravo pra outro Sinhô muto longe de lá.

– E os outros filhos do Sinhô e da Sinhá?

– Lembro do Tonho, do Juca, do Quinca (que o iscravo matô), do Luca, do Chico... As muié era Cândida, Angeca, i isqueci as otra.

– A senhora gostava deles?

– Quá... me fazia medo. Eu era minininha, mi amarrava pra cintura e me pendurava no prego de fora da casa, onde pendura gaiola de passarim. Eu ficava gritano e esperneano e eles rino...

– Mas que coisa, dona Flora!

– Mas era só brincadera. As dispois me tirava de lá, mi punha no colo, mi chamava de nigrinha, me dava moeda, me dava doce, limpava meu nariz, minha boca.

– Então a senhora gostava deles?

– Gostá, gostava. Mas tinha medo. Eles era muito estúrdio... O Chico, qui morreu com perna-de-pau e um oio vazado, era danado pra baruio...

– Perna-de-pau e olho vazado?

– É. De tiru. Memo anssim parecia um rei encima da mula dele, briando de arma, de garrucha, de carabina. Devis chamá Chico-Rei...

– Chico-Rei – exclamou Filogônio – belo nome. Era muito valente?

– Era o home mais valente desse mundo. Morreu bataiando um lote de jagunço. Ele sozinho. Os otro, um bandão...

– Que pena dona Flora. Um homem desses e morrer assim, numa cilada tão desigual?

– Quá mô fio! Ele gostava era disso. Nasceu pra guerriá. Morreu comu quis...

Flora levantou-se do banco.

– Dona Flora, a senhora aceita uns trocados?

– Aceito mô fio. Nosso Senhor é que tá mandano mecê me dá dinhero.

Filogônio deu-lhe cinqüenta cruzeiros. Ela beijou o dinheiro e disse:

– Mecê, nhonhô, tá passano dificurdade, tô veno. Livra dos ar nhonhô, que Deus ti livra dos mar. Não segue saia, nhonhô, qui saia u vento leva e o home oiando saia não vê buraco e cai no buraco...

– Vai com Deus, dona Flora.

– Fica cum Nosso Senhor Jesus Cristo, mô fio.

E Flora foi manquitolando.

Filogônio ficou meditativo: "Apenas a África seria capaz de produzir um exemplar humano como aquele", ajuizou. Flora devia ser centenária. Vivera uma vida difícil, escrava na meninice, depois serviçal humilde. Mas não se amargurava, ainda que perdendo para o vasto mundo todos os seus filhos e vivendo arrimada a um rebento dos antigos senhores. E que organismo mágico, que anulava o malefício do fumo e talvez de uma alimentação deficiente. E que cabeça poderosa, que mantinha lembranças precisas. E que coração generoso, capaz de encontrar bondade naqueles que escravizaram seus pais ("o Sinhô era bão") e capaz de admiração por aqueles que a amedrontavam ("divia si chamá Chico-Rei"). E que espírito justiceiro ("os branco era ruim, os preto era ruim, só é bom Nosso Senhor Jesus Cristo"). E que intuição sobrenatural: "Mecê nhonhô, tá passando dificurdade... Não segue saia, nhonhô". Ah! Flora, esclamou Filogônio – como sou pequeno perto de ti. E Filogônio lembrou-se de sua mãe, que tinha por madrinha de batismo uma escrava, por coincidência de mesmo nome: Flora. Sinal que os senhores consideravam também seus escravos. E sua mãe contava que sua madrinha tinha um fraco pela cachaça e costumava exagerar a dose, o que a fazia deitar-se em qualquer lugar, às vezes até na calçada da rua. E a mãe de Filogônio, procurava a madrinha e encontrando-a caída, deitava-se sobre ela, chorava convulsivamente e se esforçava por levá-la para casa. "Vamos, minha madrinha, vamos..." Todo dinheirinho que a pobre ganhava, consumia em presentes para a afilhada. "Que dedicação divina", pois que a afilhada não era nem mesmo pessoa de sua raça.

Filogônio, agora, pensava para onde deveria ir, pois faltava ainda bastante tempo para tomar o ônibus. Resolveu comer qualquer coisa. Havia um boteco perto e para lá se dirigiu. O dono, um sírio, o cumprimentou afavelmente. A simpatia foi mútua e instantânea.

– Às suas ordens, senhor...

– O senhor é brasileiro? – Perguntou Serapião, só para dar início à conversa.

– Sou da Síria, senhor...

– Há muito tempo que veio para o Brasil?

– Trinta e cinco anos, senhor. Tinha vinte e cinco anos...

– Tem saudades de sua terra?

– Muita, senhor. Meus pais tinham terras. Criavam ovelhas. Eu tomar conta ovelhas.

– Bela profissão.

– Sim senhor. Gostava olhar sol se pondo, dorando lombo ovelhas. Então eu rezar, gradecendo Deus poder ver tanta beleza..."

– Que pena... O senhor deixar uma profissão tão bela.

– É senhor. Pai, mãe, falecer. Muita irmãos. Sobrar pedacim pequeno terra. Vim Brasil, onde ter parentes.

– Gosta do Brasil?

– Gostar senhor. Aqui criar família. Filhos estudar. Já tem filho doutor. Graças Deus.

– O senhor é cristão?

– Sim senhor. Católico. Jesus de perto de terra minha. Eu penso ter sangue família de Jesus... – disse, num sorriso plácido.

– Que beleza! O que mais pode querer um homem nesse mundo?

– Obrigado, senhor.

Filogônio emocionou-se. Emocionava-se também pela intuição que tivera que se tratava de alguém, criador de ovelhas, mas de nobreza espiritual, perdido entre quitutes, bebidas e trabalhos prosaicos. Levou a mão ao bolso. Encontrou seu pequeno canivete de cabo de madrepérola que o acompanhava há muitos anos. Disse ao sírio:

– Permite dar-lhe uma pequena lembrança?

– Ah! senhor bondoso. Recusar não poder. Muito obrigado. Considera minha casa, sua casa...

– Permite que lhe dê um abraço?

– Sim senhor. Como irmão...

Filogônio abraçou-o e surpreendeu-se com o beijo que o sírio lhe deu na face. Retirou-se depressa, sem desejar comer nada, para que a materialidade do hábito não empanasse aquele episódio de beleza e afinidade, entre duas pessoas tão diversas e de origens tão distantes.

Dirigiu-se a outro bar, onde comeu dois salgados e tomou um refrigerante. Depois procurou o reservado do bar. A sujeira era indescritível. A privada tinha a louça quebrada e não havia água na pia. O ambiente cheirava a urina.

– Prefiro urinar na rua – exclamou. De fato, a noite baixava sua cortina de trevas e ele procurou um canto, em meio a algumas árvores, onde aliviou a bexiga. Por acaso encontrava-se próximo ao local onde presenciou a briga dos galos e lembrou-se que lá havia uma torneira. Encontrou a torneira, lavou as mãos, refrescou o rosto, umedeceu os cabelos e passou por eles o seu pequeno pente.

Eram sete horas da noite. Ele indagou-se para onde deveria ir, até poder iniciar a sua viagem. Escutou toques de sino, na igreja, no alto do outeiro. – Irei à Igreja – decidiu-se.

Serapião tinha uma devoção inabalável para com a Virgem Maria. Em menino entrara para a Congregação Mariana. – Se fui congregado, devo ainda ser... Os erros da minha vida, não contaminam o meu amor filial por Vós, minha Mãe... – balbuciou.

Subiu a ladeira e entrou na Igreja. Ficou no banco dos fundos, no último banco. Percebeu que os devotos rezavam o terço. Os bancos achavam-se todos ocupados por homens, por senhoras e também gente moça.

Fez coro com o povo em oração. Terminado o terço, o padre foi até o altar-mor, onde oficiou a "Bênção do Santíssimo Sacramento". Soaram as sinetas, todos ajoelhados, baixando as cabeças, quando a Hóstia, no hostensório, era oferecida em benção aos fiéis.

No final uma devota dirigiu a "ladainha de Nossa Senhora", na qual se expunham as prerrogativas da Mãe de

Deus. E a cada prerrogativa, todos respondiam: – Rogai por nós...

Filogônio recitou mentalmente a estrofe de um conterrâneo:

Mãe do meu segundo nascimento,
Aurora Eterna, Alto Recolhimento,
Pão, Teto, Lume, Tecelã, Saltério...
Bendito seja o teu amor fecundo,
Renovando em silêncio a alma do mundo,
Pelos caminhos cegos do mistério[1].

Terminada a solenidade, Serapião antecipou-se na saída, evitando ser reconhecido por alguém. Eram oito horas e meia da noite. E ao descer a ladeira, viu Universina. Ela o esperava. Disse-lhe em um sorriso algo triste:

– Seu fujão...

– Por que Fujão...?

– Estou te procurando o dia todo, até pensei que tinha ido embora.

– Mas não trabalhou hoje?

– Hoje é meu dia de folga, segunda-feira. Mas vou pedir dispensa do emprego.

– E o marido...?

– Não tenho marido... Moro com o homem há um ano. Não sou casada... Ele está viajando.

Serapião notava uma profunda transformação em Uni-

---

1. Edson Moreira.

versina. Nada daquele ar que supunha leviano, de uma aparente irresponsabilidade. Como que amadurecera em apenas um dia.

Estava tristonha. Serapião, perguntou-lhe:

– Aonde iremos?

– Por aqui...

A iluminação era escassa. Ela tomou-o pela mão e o foi levando. Passaram por uma cerca telada.

Havia um portão, Universina empurrou-o e entraram numa área arborizada e escura, mas que claridades longínquas e da lua deixavam ver, em alguns lugares, mesas e bancos de pedra.

Era um Parque Público, destinado a reuniões, festejos etc. Filogônio notou apenas um casal, que se afundou nas trevas, logo que eles transpuseram o portão, como bichos que se afastam à aproximação do homem.

Universina levava-o para onde ela queria. Serapião tinha a boca seca e as pernas trêmulas, na antevisão daquele amor esplêndido, que vinha a ele, quando ele, inutilmente, tentava evitá-lo.

Universina finalmente parou, sentou-se sobre uma mesa de pedra e abraçou o torso do amado.

Serapião carinhosamente separou os joelhos de Universina e de pé aninhou-se naquele ninho ardente...

Apertou aquele corpo elástico, como de uma pantera, contra seu peito e beijou sofregamente seus lábios polpudos e doces como um fruta sumarenta.

Percebeu então que Universina como que desabava sobre seus ombros. Teve um pequeno delíquio.

Esperou que ela se recuperasse. Havia uma claridade lunar. Ela abriu os olhos. Estavam úmidos de pranto.

Filogônio beijou-a de novo. Beijaram-se então furiosamente e amaram-se desapiedadamente, tendo por leito a mesa de pedra e o chão forrado das folhas caídas das árvores.

Já era tarde. – Leva-me com você – pediu Universina.

– Sabe que sou casado?

– Sei. Vamos para longe, para a roça, para qualquer lugar, mas me leva.

– Tenho compromissos, Universina. Mulher, filhos, dívidas.

Lembrou-se, então, de sua viagem. Olhou o relógio. Era meia-noite.

– Perdi o ônibus – exclamou.

– Mas, você queria viajar hoje, seu ingrato?

– Felizmente, perdi-o.

Suas ardências davam lugar agora a uma calmaria.

– Devemos sair daqui – disse Filogônio.

– Vamos para casa de minha tia avó – ordenou Universina.

– Tia avó?

– É. Mora sozinha e por ser bem velhinha, pensará que você é o homem com quem eu morava.

– Com quem você mora – corrigiu Filogônio.

– Não. Com quem morava...

– Então vamos, meu bem...

E os dois seguiram pelas ruas silenciosas, de mãos dadas, parando às vezes para se beijarem ardorosamente.

Universina puxou-o em direção a um beco, que terminava sobre o rio. Em frente a uma casinha rústica, ela parou e bateu levemente na janela.

– Quem é?

– Sou eu titia – disse Universina.

A velhinha, algo curvada e de vista curta, levantou-se, abriu a porta e disse:

– A essas horas, minha filha?

– Perdemos a chave da casa, titia, e viemos dormir aqui.

– Fez bem, minha filha. O quarto tá aí. Deve ter ainda água quente na caixa, pois o fogão esteve aceso até tarde. Se quiserem tomar banho, podem experimentar.

– Obrigado, titia. Vai descansar, que nós nos ajeitaremos. A bênção.

– Deus te abençoe – e a velhinha foi para o seu quarto, fechando a porta.

Universina levou Filogônio para o outro cômodo da sala, acendeu a luz e disse-lhe:

– Esse é o nosso quarto.

Era um quarto de telhas vãs, mas provido de cama de casal e a cama provida do necessário a um sono repousante.

Universina ensaiava agora o seu sorriso.

– Aqui nós guardamos alguma coisa...

Abriu um pequeno armário de onde tirou uma toalha e um sabonete. Tirou também uma calça velha de pijama. Depôs as peças sobre a cama. Levou então Filogônio em direção à cozinha, que se ligava a um pequeno cômodo cimentado e que era o banheiro da casa. Abriu o chuveiro e experimentou, com a mão, a água, que se aquecia pelo sistema de serpentina dentro do fogão.

– Está morna, pode tomar o seu banho.

Filogônio percebia que ela agia agora como uma esposa solícita.

– Me dá seu paletó, sua roupa, seus sapatos, que vou buscar a toalha.

Filogônio cerrou um pouco a porta, num resquício de pudor, tirou a roupa e os sapatos e entregou-os a Universina pela porta semi-aberta. Ela levou-os para o quarto e veio com a toalha, o sabonete e a calça de pijama.

Terminado o banho, Filogônio vestido com a calça de pijama alheia e envolto na toalha, dirigiu-se ao quarto. Universina aguardava-o sentada na cama e protegida apenas pela combinação. Disse-lhe sorrindo:

– Agora vou eu. Entre debaixo da coberta para fugir do frio e me dá sua toalha, pois só temos esta.

Filogônio deitado no colchão de capim, com a cabeça repousada no travesseiro também de capim, escutando o ruído surdo do rio próximo ao quarto, pensava no absurdo, mas também singular encadeamento dos fatos, não procurados, mas que são como o cumprimento profético de um desejo intruso, ainda que fascinante...

Universina chegava, nesse momento, com os cabelos ainda úmidos. Apagou a luz e aninhou-se ao lado de Filogônio como uma sereia que houvesse conquistado o seu navegador solitário. Abraçaram-se intimamente, beijaram-se, cerraram os olhos e dormiram como anjos.

Filogônio acordou com o dia já claro. Surpreendeu-se

com o vermelho das telhas sobre as ripas mal lavradas. Sabia-se infiel aos seus compromissos e não conseguia apagar de sua memória aquela estrofe de Camões, de um soneto que aprendera ainda na juventude:

Julga-me a gente toda por perdido,
Vendo-me tão entregue ao meu cuidado,
Andar sempre dos homens apartado
E dos tratos humanos esquecido.

Olhou para a Universina. Seus olhos estavam úmidos. Beijou-os levemente e sentiu em sua boca o sal de seu pranto. Depois, beijou-lhe a boca suavemente numa carícia respeitosa e amaram-se novamente, ternamente, como dois noivos na primeira efetivação do seu amor.

Lembro-me bem de nossa despedida...
Numa tarde de infinda nostalgia,
Tinha a alma trespassada e comovida
E para não chorar eu te sorria[2].

Serapião esperava na estrada o ônibus, que deveria trazer a sua mala. Não quis aguardar no ponto regulamentar da parada do ônibus e que ficava no centro da pequena cidade, pois seria provável encontrar José Pulcrino ou Universina. De José Pulcrino sentiria constrangimento. Se visse Universina, talvez não resistisse àquela paixão fremente

2. Maria de Lourdes Nascimento.

que estuava em seu espírito e que transbordava em seu peito. Poderia tornar-se um covarde, um suicida moral, capaz de abdicar de seus deveres e de sua honra.

Dirigiu-se assim para o cruzamento de uma rua periférica com a estrada e por lá ficou, sentando-se em qualquer lugar, levantando-se, andando de lá para cá, fumando e sonhando e sonhando e sonhando com a aventura maravilhosa que vivera aquela noite, mas que agora o mutilava pela recusa que se fizera de revivê-la.

Lembrava-se dos dois prantos silenciosos de Universina e concluía que ela chorara pela emoção avassaladora do amor, mas também pela intuição de que aquele romance seria rompido na impossibilidade de se amalgamarem vidas de rumos tão diversos.

Tinha, contudo, uns assomos de voltar à cidade, procurar Universina e repetir aquela viagem fascinante realizada sobre aquele corpo adorável e sobre aquela flama de mulher, alimentada pelo refinamento do espírito amoroso.

– A gente não se acaba tanto pela idade, pela velhice – sussurrou Filogônio. – O que nos mata, principalmente, são os pedaços de nós que nos vão sendo arrancados a cada amor que nos inunda e que não podemos levar conosco pela vida à fora. Seria uma loucura aceitar a proposta de Universina de ir-se embora com ela: para longe, para roça, para qualquer lugar, a começar pela diferença de idades, pois que ela não teria mais que uns vinte e poucos anos. Daqui há uns quinze anos estarei velho e ela na pujança de seu vigor de mulher.

E Filogônio sentia uma frustração terrível abatendo-se

sobre ele ao constatar a impossibilidade que teria de responder no futuro, ponto por ponto, às solicitações amorosas daquela fêmea maravilhosa, ainda que rústica em sua formação, mas sublime em sua intuição de mulher, em sua capacidade de se transformar (borboleta policrômica que rompe seu casulo), de suprimir aquela aparente vulgaridade anterior e mostrar uma alma plena de doação e de arroubos.

E Filogônio, que provara toda aquela onda apaixonada que o avassalara, primeiramente no parque, depois na alcova pobre daquela pobre casa, sabia que, por predestinações insondáveis, ele e ela eram seres talhados para se bastarem e realizarem aquela felicidade que os amantes sempre buscam ansiosamente.

"No entanto, fujo. Fujo porque este mundo é um poço de contradições e nós pobres seres que não sabemos nadar, apenas alçamos as cabeças, contemplamos a claridade do sol ou os raios luminosos das estrelas por uns poucos momentos, deslumbramo-nos e de novo submergimos.

Filogônio sentia-se o homem mais infeliz do mundo e sua infelicidade era dupla, pois sabia-se igualmente responsável pela infelicidade de Universina. Havia um tremendo ímpeto em seu espírito de procurá-la, de dizer-lhe: "Meu bem, voltei. Não chores. Aqui estou".

Mas, não. Uma garra adunca de ferro o arrastava, contra a sua vontade, para longe daquela mulher a que ele sentia-se pertencer. E essa garra atingia o seu coração e a sua alma.

Filogônio escutou o ruído do ônibus. Postou-se então

de pé à margem da estrada e assinalou para o Tião, que parou o veículo um pouco surpreso. Abriu a porta do ônibus e disse:

– Uai! Você não ia me esperar no Rio?

– Perdi o ônibus, ontem à noite.

O amigo mostrou uma cara zombeteira e abanou o dedo indicador, várias vezes, em direção a Filogônio.

Em outra situação, Filogônio acharia graça na insinuação maldosa. Dessa vez, porém, fingiu não compreender aquela muda censura e perguntou:

– Tem lugar aí, para mim?

– Que que houve, Serapa? Você está triste.

– Você conhece os meus problemas.

– Tem razão, amigo. Desculpe.

– Desculpar o quê? Posso embarcar?

– Claro. Lá no final tem duas vagas. Ah, sua mala está no bagageiro.

E Filogônio entrou dizendo que pagaria a passagem na próxima parada do ônibus. Serapião caminhava pelo corredor do carro, quando escutou um "psiu" de Tião, que já pusera o veículo em movimento. Voltou então até ele, que lhe disse em voz baixa:

– Se não aparecer nenhum fiscal, você não precisa pagar a passagem...

– Não, Tião. Faço questão de pagá-la. Obrigado amigo.

Serapião sentia agora um certo cansaço. Ficara várias horas na estrada, além da amargura que oprimia o seu espírito. Era como um esposo apaixonado, que tivesse levado ao cemitério o caixão com o cadáver da sua adorada esposa.

Ajeitou-se em sua poltrona, inclinou-a para traz, encostou a cabeça no encosto da mesma e dormiu. E teve um sonho esquisito: sonhou que havia grandes flores vermelhas de hibiscos, postas sobre uma larga prancha. De repente elas se abriram, rugitando. Eram como perus desabrochados (no sonho os perus podem desabrochar) gluglulhando. E os perus que havia em volta, aos milhares, levantaram as cabeças e responderam ao gluglulhio e voaram ao derredor. Depois as flores murcharam de repente, adquiriram movimentos e voaram como um perfeito bando de perus que voassem.

Os perus levantaram novamente os pescoços e adejaram as asas ao redor do bando que subia. Mas as flores perderam o impulso e caíram ao solo, murchas, e os perus, aterrorizados, fugiram ridiculamente com as cristas e as barbelas descoradas.

Um solavanco do ônibus acordou Filogônio. Mas um torpor invencível fê-lo dormir de novo e entre um novo sono e um outro acordar, seguido de novo sono, degustou de mais dois sonhos, que supôs estranhos, por não se relacionarem, pensava, com seus problemas vigentes.

Num dos sonhos, via seu pai numa linda cidadezinha européia, sem que Filogônio soubesse a que país pertencia. Seu pai era muito novo e escrevia cartas ternas, originais, de grande beleza. Havia um ambiente crepuscular, de ruas e lojas veladas por uma luz suave. A temperatura do ar era algo frígida, sem ser extrema, mas obrigando a roupas agasalhantes. As expressões originais que seu pai registrava no papel da escrita, traduziam seu amor puro e romântico por belas raparigas. Tão diferente no Brasil, onde tratava apenas de gado, de lavoura, e onde desconhecia até aquele vocabulário poético.

No outro sonho, Filogônio via um homem ordenando um certo número de burros em filas de três animais e fazendo-os evoluir de forma disciplinada. Os burros pertenciam a um Barão e estavam em um pátio de pedra que confrontava o castelo do nobre proprietário. Depois apareceu um outro homem, que realizava as mesmas manobras do primeiro homem, mas com cavalos. Serapião perguntou ao primeiro homem, que era francês, baixote, de barbicha muito clara, se conhecia o domador dos cavalos, já que os dois se pareciam muito. O francês respondeu que não. Confrontado, contudo, com o parceiro de ofício, riu, pois eram irmãos.

Serapião perguntou-lhe ainda que animais eram mais inteligentes: "os burros ou os cavalos?" O homem respondeu de forma pouco audível: "Os cavalos". Os asnos, porém, os jumentos, refletiu Serapião, devem ser mais inteligentes, pela cabeça grande.

Finalmente, chegaram ao Rio. Filogônio fez questão de pagar sua passagem sob os protestos de Tião, que dizia não haver necessidade disso, já que nenhum fiscal da empresa conferira a lotação do carro. Os dois eram como se fossem irmãos e Tião chingou-o de "bobo".

Filogônio abraçou-o, fraternalmente, pegou sua mala e procurou o ônibus urbano que o levaria à casa de sua tia, desistindo da casa da parenta de sua mulher.

Encontrou sua tia rigorosamente vestida, como uma aristocrata que era e portando jóias valiosas. Pessoa de grande finura de espírito e de acentuada nobreza, vivia porém em período de "vacas magras", pois de onde se tira e nada se põe, só pode resultar em rarefação e vácuo.

Sua tia, viúva e sozinha, pois perdera seu único filho, vivia agora com uma grande restrição de gastos, apesar da casa suntuosa. Fazia-lhe companhia, uma mocinha de espírito simplório, mas que era, de certa forma, filha de criação.

O falecido esposo era primo em primeiro grau da mãe de Filogônio e naturalmente de sua tia. Talvez que a consangüinidade, pensava Filogônio, houvesse contribuído para que o rebento daquela união fosse o que foi: um físico frágil, abrigando o espírito mais vivaz e entusiasta que Filogônio conhecera em toda sua vida. Onde ele estivesse hipnotizava a todos, pela verve, pela originalidade, pelo talento, até mesmo pela ironia. Demonstrava paixão insopitável pelas belas mulheres, era como se fosse feito quase só de nervos. Um sujeito dessa espécie, pensava Filogônio, não podia se enquadrar nas exigências desse mundo prosaico.

E o primo queimava dinheiro, queimava saúde, nem cogitava de trabalho ou de qualquer ofício bem ordenado. Dava até mesmo pouca atenção ao alimento, seduzido por aquela impaciência de viver a alegria mundana.

Aconteceu então o inevitável. Adoeceu. Uma tuberculose minou o seu peito. Foi operado. Extraíram-lhe costelas. Veio a pneumonia e levou-o.

A tia de Filogônio, já abalada pela morte do marido, com quem formava um par apaixonado, insulou-se em sua casa, de onde saía apenas para ir à Igreja. Mas não perdeu a "classe". Recebeu o golpe com a inteireza dos grandes personagens. Apenas um halo arrouxeado passou a sombrear e a escurecer ainda mais os seus olhos escuros.

Filogônio admirava-a profundamente. Beijou-a afetuosamente e perguntou se tinha ali um cantinho para ele. Recebeu como resposta:

– Ficaria magoada se você fosse para uma outra casa ou para um hotel.

A tia solicitou à moça que lhe fazia companhia, providenciar um lanche para Filogônio e ela mesma trouxe-lhe uma toalha de banho e outra de rosto, sabonete, um par de chinelos e mostrou-lhe o quarto onde ele deveria dormir.

Filogônio banhou-se, vestiu uma roupa limpa, lanchou e conversou com sua tia até aproximadamente dez horas da noite, quando pediu licença para recolher-se ao seu quarto.

Serapião sabia que sua tia estava a par de seus problemas financeiros, mas ainda que na certeza de que ela o sentia tristonho, nem uma vez sequer insinuou qualquer cousa que desse motivo a alguma confidência ou a alguma justificativa da parte dele.

Fazia calor... "O Rio é sempre quente" murmurou Filogônio. Abriu as duas bandeiras da larga janela que dava sobre o jardim, tirou apenas os sapatos e deitou-se de costas, com as mãos sob a cabeça, sem desfazer as cobertas, mantendo a luz do quarto acesa. Desejava pensar, ordenar idéias e decisões. Pensava na esposa, nos filhos, nos compromissos financeiros e inelutavelmente em Universina.

Entre a parte longitudinal da cama e a janela, havia um

espaço de aproximadamente um metro de largura. Serapião viu que um personagem surgia rapidamente, silenciosamente, próximo ao peitoril da janela, como que volitando e olhava-o cheio de curiosidade. No rosto um sorriso conciliador. Mas não parou. Passou como se corresse, não de frente, mas lateralmente e assim se exibia ao correr da largura da janela e nesse movimento inclinava a cabeça ligeiramente, para olhá-lo sobre a cama. Filogônio assustou-se.

Compreendeu instantaneamente que seria impossível alguém entrar ali àquela hora, pois a casa, construída sobre um barranco, só tinha acesso por um portão junto à calçada da rua, que se ligava a uma escada subterrânea, dentro de uma espécie de pequeno túnel. E o portão de ferro, que praticamente se encostava na viga superior da entrada do subterrâneo, estava fechado com cadeado e o nível do jardim, protegido por uma mureta, era uns quatro metros acima do nível da rua.

Filogônio pulou automaticamente da cama e olhou em direção ao movimento do personagem. Mas no fundo só havia um muro de arrimo, que protegia a parte lateral do jardim e que terminava em ângulo reto na parte externa da parede do quarto de Filogônio.

E lá não havia ninguém e se houvesse dali não teria como se esconder ou se escapar. Serapião deitou-se novamente e exclamou assombrado: "Os mortos aparecem. Comprovei-o agora".

Lembrou-se então do primo. Era o mesmo tipo: delgado, nervoso, ágil, a fisionomia irônica. "Veio me ver", concluiu Filogônio, "talvez dizer-me que meus males são passageiros, talvez censurar-me, talvez afirmar que se deve dar prioridade ao espiritual, dizer-me que tenho uma esposa, filhos e um nome a zelar... Talvez..."

Filogônio ajoelhou-se na cama e orou:

– Jesus, meu Deus, por Vossa Mãe Santíssima, olhai por esse Vosso servo... – e chorou.

Serapião, a despeito da visão, adormeceu e acordou com ânimo mais firme e o corpo descansado. Encontrou sua tia à saída do quarto que o levou à mesa do café para o desjejum. Nada revelou de sua visão noturna. Despediu-se então da tia, que insistiu para que ele permanecesse alguns dias em sua casa. Respondeu que guardaria o convite e o efetivaria dentro de mais algum tempo. Beijou-a, pediulhe a bênção e dispôs-se a procurar o seu devedor, aliás seu amigo.

Ele se chamava Júlio. Foi recebido com alegria. Convidou-o para almoçar com sua família. Após o almoço pagou-lhe o que lhe devia. Serapião escreveu um bilhete para o parente, que guardava a promissória recomendando que a entregasse ao Júlio. Agradeceu ao amigo a confiança, se bem que o bilhete provava também a liquidação do débito.

Júlio explicou-lhe que estava em "maré de sorte" e se Serapião aceitasse, poderia emprestar-lhe algum dinheiro. Serapião agradeceu algo comovido. Abraçou o amigo, aos seus familiares e procurou o seu rumo.

Recebera oito mil cruzeiros. Foi direto ao banco que tinha agência em Pavanópolis e pôs quatro mil cruzeiros na conta de Luizinha, sua mulher, para quem depois telefonou. Luizinha disse-lhe que aquela quantia facultava fazer frente às despesas caseiras por, pelo menos, três meses. Perguntou ainda: – O que ainda espera? Não vai voltar?

– Vou, claro... Mas cogito de um emprego. Breve lhe telefonarei.

Na parte externa da porta da agência telefônica, colado à mesma, havia o anúncio seguinte:

"Precisa-se de pessoas, com pelo menos ginasial completo, para serviço de controle de material e de pessoal, em Empresa de Construções. Salário: 4.500 cruzeiros. Procurar o senhor Felipe, à Rua Tal, nº. Tanto etc.

Serapião foi ao local indicado. Encontrou o senhor Felipe que lhe disse estarem já preenchidos os cargos. Em São Paulo, porém, a Empresa precisava de gente para o mesmo ofício.

O senhor Felipe deu-lhe o endereço da mesma em São Paulo. Serapião estava em "maré de atividades". Foi dali para a "estação rodoviária", agora com razoável segurança em si mesmo, pois seu bolso já o defendia de eventuais humilhações e privações.

Chegou à grande metrópole e, por já ser noite, hospedou-se num hotel, modesto, próximo ao local do desembarque. De manhã desceu à portaria do hotel, e explicou que voltaria mais tarde. Que deixara sua mala no quarto e se necessário, adiantaria dinheiro pela hospedagem.

– Não há necessidade – respondeu-lhe o funcionário.

Foi então à Empresa no endereço informado pelo senhor Felipe. Aguardou uma meia hora para ser atendido, mas quando o atenderam deram-lhe um tratamento cordial e respeitoso.

O QUASE FIM DE SERAPIÃO FILOGÔNIO

Foi admitido. Deveria começar a trabalhar no dia seguinte. Filogônio perguntou se não havia, próximo ao trabalho que devia exercer, alguma pensão familiar. Havia. Informaram-lhe o local. Foi até lá.

O proprietário, senhor Henrique, era alemão. Mostrou-lhe o quarto, o banheiro, convenientemente limpos. Adiantou que recebiam sempre, por adiantamento, a semana seguinte. A hospedagem, contudo, dava direito ao café da manhã, almoço e janta.

– E o preço da semana?

– Oitocentos cruzeiros...

Serapião sentiu que o preço era módico. Lembrou-se da espelunca em Primitivos, cujo quarto e mais o café da manhã apenas, custavam noventa cruzeiros por dia, ou seja, 630 por semana.

O senhor Henrique externava uma maneira de trato reservada e respeitosa, induzindo também a uma reação respeitosa do interlocutor. Disse-lhe Serapião:

– Virei hoje à tarde. O pagamento da semana, já o faço agora se o senhor aceitar-me como hóspede...

Mostrou-lhe seus documentos.

– Claro que aceito, senhor Filogônio.

Senhor Henrique recebeu o pagamento da semana, documentado pelo competente recibo. Serapião dirigiu-se ao centro da cidade de São Paulo: Av. São João, Praça da Sé, Praça do Patriarca, visitou as igrejas de Santo Antônio e São Francisco, onde orou, pedindo por sua mulher e seus filhos, José Pulcrino, Universina, por sua tia e também por seus amigos e por seus credores. Depois almoçou bem, em um bom restaurante. Foi também a um cinema, onde se maravilhou com *O Cangaceiro*, filme dirigido por Lima Barreto.

Houve uma brusca mudança na vida de Serapião Filogônio. Telefonava semanalmente para a esposa e pedia também, às vezes, para falar com os filhos e sopitar a saudade.

Uma manhã de domingo, perto de um belo parque, ouviu a propaganda, por alto falante, de uma exposição de animais. Perguntou a um senhor, próximo ao portão de entrada do parque, de que tipo era a exposição. O homem respondeu ironicamente:

– Aí, se expõem animais belos e mulheres lindas.

– São o meu fraco – retrucou Filogônio, também ironicamente. Comprou um ingresso e entrou no parque.

Encantou-se com a pujança e a qualidade dos bovinos leiteiros e de corte, mas encantou-se principalmente com o seu "fraco", que era também o seu "forte": os cavalos.

Havia um pequeno grupo de pessoas, rodeando um pujante e vivaz garanhão, da raça Manga-Larga. O animal ia ser montado. Quem o montou, porém, pouco habilidoso, foi projetado ao chão, pois o animal não estava querendo satisfazer o objetivo do seu proprietário, que era exibi-lo.

O proprietário, o dono, via-se logo, não era "cavaleiro". Perguntou sarcasticamente:

– Não há alguém aqui, que queira disciplinar esse bicho?

Serapião adiantou-se:

– Permite, doutor, que eu monte?

– Quem é o senhor?

– Um cavaleiro da roça... – respondeu Filogônio.

– Pode montar... mas não me responsabilizo por possíveis danos à sua integridade física...

– Perfeitamente...

Serapião fez questão de calçar as esporas e empunhar o rebenque. A montada foi feita com o animal já se empinando. No segundo empino, Serapião meteu-lhe o rebenque por cima da cabeça. A flexibilidade do rebenque, fê-lo dobrar e a sua ponta endurecida atingiu as narinas do garanhão, que sangraram. O animal bufou, ensaiou uns corcovos. Serapião repetiu a pancada com o rebenque e apertou as esporas no peito do garanhão. O bicho bufou de novo: "O quê?... Tenho aí em cima alguém a quem devo obedecer..." Espichou-se num galope. Serapião deixou-o galopar, para diminuir o seu excesso de energia.

O fogoso cavalo deu uma volta completa na pista circular. Ao passar perto do seu proprietário, estava coberto de suor e das narinas saía uma espuma sanguinolenta. Quis parar... supôs que terminaria a sua humilhação, o seu sofrimento. Filogônio então levou as esporas ao "vazio" do bicho.

"Devo continuar", pensou, "para que cesse o castigo".

Serapião, na segunda volta da pista, pressionou o bridão e o cavalo, já dominado, deixou o galope e se encartou numa magnífica "marcha batida".

Era um animal soberbo. Preto e "calçado" das quatro patas, visto de lado na pista oposta aos que assistiam ao espetáculo, as patas brancas no movimento simétrico e harmônico, confundiam-se e pareciam rodas de um animal fantástico...

Serapião obrigou a montaria a uma terceira volta. Ao completá-la, sustou o cavalo frente ao seu dono e disse:

– Doutor, esse é o melhor cavalo de todos os que eu já montei.

– De onde você saiu?... Aqui não existe praia ou margem de rio, de onde possa escapar um "gênio cavaleiro", de alguma garrafa.

– O cavalo é inteligente, doutor... só precisava de alguém que o entendesse – respondeu Serapião modestamente.

O proprietário do cavalo, notava-se, era pessoa de recursos e acentuada simpatia. Parecia demonstrar uma certa surpresa em relação a Serapião, que já desmontado, sentia alguém lhe batendo no ombro. Era um tratador de cavalos, dizendo-lhe que seu "patrão" pedia que ele "repassasse" seu cavalo, em fase de rebeldia...

– Vamos até ali. O patrão está esperando o senhor.

Acompanhando o peão, Filogônio ia pensando: "Falta-me muita coisa, mas sobram-me cavalos".

Sobre São Paulo descia agora bruscamente uma garoa cinzenta e os vultos humanos e também dos bovinos e dos cavalos eram como que fantasmas, movendo-se no imponderável...

Título	O Quase Fim de Serapião Filogônio
Autor	Jonas Rosa
Produção editorial	Aline Sato
Capa	Gustavo Marchetti
Editoração eletrônica	Aline Sato
	Amanda E. de Almeida
Revisão	Aristóteles Angheben Predebon
Formato	14 x 21 cm
Tipologia	Minion
Papel	Cartão Supremo 250 g/m² (capa)
	Pólen Soft 80 g/m² (miolo)
Número de páginas	144
Impressão e acabamento	Gráfica Vida e Consciência